Annette Mierswa · Wir sind die Flut

Bisher von Annette Mierswa im Loewe Verlag erschienen:

Instagirl
Not your Girl
Wir sind die Flut

Annette Mierswa

WIR SIND DIE FLUT

Loewe

Für Pädagoginnen und Pädagogen haben wir eine kostenlose
Lehrerhandreichung unter www.loewe-schule.de bereitgestellt.

*Für meine beiden tollen Jungs,
die meine größten Lehrer sind.*

978-3-7432-0823-0
1. Auflage 2020
© 2020 Loewe Verlag GmbH, Bindlach
Umschlagfotos: © Arthimedes/shutterstock.com,
© Ink Drop/shutterstock.com, © Valmedia/shutterstock.com,
© Halfpoint/shutterstock.com, © Jasmin_Sessler/pixabay.com
Umschlaggestaltung: Johanna Mühlbauer
Redaktion: Elena Hein
Zitat auf S. 5 © Mit freundlicher Genehmigung von Robert Swan, frei übersetzt
Printed in the EU

www.loewe-verlag.de

»Die größte Bedrohung für unseren Planeten ist die Überzeugung, dass ihn schon jemand anders retten wird.«

Robert Swan, Polarforscher

1

Kruso lebte auf seiner Insel. In den sozialen Netzwerken existierte er nicht. Einem digitalen Shitstorm hielt er mit eiserner Ignoranz stand, wenn er überhaupt davon erfuhr. Er hatte nicht mal ein Smartphone. Und wenn man ihn direkt ansprach, zuckte er zusammen, als wäre er gerade aus einem Tagtraum hochgeschreckt. Erst als wir TIERRA gründeten, wurde mir klar, dass seine Welt sich nicht mit der unseren deckte. Als lebte er in einer anderen Dimension, die zeitgleich existierte und zu der wir keinen Zugang hatten. TIERRA wurde zur Schleuse zwischen diesen Welten, bis ich begriff, dass beide untrennbar zusammengehörten wie Yin und Yang und *wir* es waren, die auf einer Insel lebten. Der Insel der Privilegierten. Das war ein heilsamer Schock und der Anfang von etwas Wunderbarem.

2

Wenn jemand böse wird, hatte das ziemlich sicher mit seiner Kindheit zu tun. Meinte Herr Schlegel in Soziologie. Ob man zum Beispiel geliebt wurde oder geschlagen oder vernachlässigt. Natürlich dachte ich gleich über meine Kindheit nach – und Anjuscha. Das war damals meine Tagesmutter, bei der ich einziehen wollte, weil meine Eltern keine Zeit für mich gehabt hatten. Aber meine Mutter hatte noch mal die Kurve gekriegt und sofort Stunden reduziert, damit sie mich früher bei ihr abholen konnte. Und dann war eigentlich alles ganz in Ordnung gewesen.

Was allerdings andauerte und ich einfach nicht verstand: Warum hatte ich so eine Wut im Bauch? Das war mir in dieser Schulstunde klar geworden. Da kochte etwas in mir, zwar auf kleiner Flamme, aber stetig. Ich erzählte es niemandem, nicht einmal Leon. Es war mir unheimlich. Würde man in mir sonst eine potenzielle Attentäterin sehen? Das Wutfeuer loderte immer besonders heftig, wenn ich irgendetwas nicht hinbekam, wie zum Beispiel einen neuen Tanzschritt oder eine Tonplastik im Kunstunterricht oder meine Eltern davon zu überzeugen, den SUV abzuschaffen und kein Fleisch mehr zu essen. Ich rastete nicht aus oder so. Ich hatte meine Gefühle gut im Griff, atmete dann einfach ein wenig langsamer und tiefer. Das hatte ich auf einem der Yoga-Retreats gelernt, zu denen mich Mama manchmal mitnahm. Sie machte das nämlich genauso. Und es funktionierte gut, zumindest äußerlich. Auf mein inneres Feuer wirkte das ganze Geatme eher wie ein Blasebalg und ich bekam immer mehr Angst, dass jemand mal die Stichflammen abbekommen könnte. Gab es da also etwas Böses in mir?

Dabei war mein größter Wunsch, die Welt zu retten. Nachdem ich das Video von Rezo gesehen hatte, war ich so deprimiert gewesen und alles war so sinnlos erschienen, dass ich ein ganzes Wochenende lang nicht aus dem Bett gekommen war. Wählen durfte ich ja auch noch nicht. Meine Mutter hatte dann eine Meditations-CD laufen lassen, auf der jemand sagte, man solle die Veränderung *sein*, die man in der Welt sehen wolle. Das leuchtete mir ein. Ich war sofort aufgestanden und hatte ein Demoschild gebastelt und genau *diesen* Satz daraufgeschrieben: *Sei du selbst die Veränderung, die du dir wünschst für diese Welt*. Mahatma Gandhi. Drum herum hatte ich Fleischlappen, Flugzeuge und Autos gezeichnet und durchgestrichen.

Und mit diesem Schild ging ich nun seit ein paar Wochen jeden Freitagmittag auf Demos. Papa warf Mama vor, mich mit ihrem *Esokram* infiziert zu haben. Und Mama knallte die Tür zu ihrem Yogazimmer zu und atmete. Aber da ich am Wochenende immer den Schulstoff nachholte, hatte sich die Lage schnell wieder entspannt. Und sie waren sogar ein wenig stolz, weil ich mich für das einsetzte, was mir wichtig war, und trotzdem noch die Schule schaffte … und natürlich weil andere Eltern ihnen sagten, sie könnten stolz auf mich sein.

Aber dann kam die schockierendste Nachricht seit der vom Tod meiner Omi. Da meine *juristisch verordnete* Onlinezeit für diese Woche aufgebraucht war, saß ich vor dem Fernseher im Wohnzimmer und guckte die Nachrichten. Eine Karte von Hamburg wurde eingeblendet, auf der ein Drittel der Stadt unter Wasser stand, auch die Vier- und Marschlande. Ich blickte gebannt auf die gigantische blaue Fläche, während es mir den Boden unter den Füßen wegzog. Das riesige dunkle Loch, das mich schon seit einiger Zeit ansaugte, schien mich verschlingen zu wollen, ausweglos und unerbittlich. Meine Hände zitterten, als ich auf die Fernbedienung drückte. Meine ganze Welt zitterte.

Wir würden untergehen!

3

»Wir gehen unter.« Die Worte waren wohl sehr laut aus mir herausgepoltert, denn Papa ließ sein Buch fallen und fuhr herum.

»Was?« Er sah die Fernbedienung in meiner Hand. Der Schreck in seinem Blick löste sich auf und die Schutzschilde wurden hochgefahren. »Also Ava, das ist doch Blödsinn.« Er hob das Buch auf und knallte es auf den Tisch. Kant. »Du bist hysterisch. Das ist reine Panikmache. Man sollte den Sender verklagen, so ein Horrorszenario für Hamburg zu entwerfen.« Er stand auf. Mama legte sofort einen Arm schützend um mich. Das tat sie immer, wenn Papa laut wurde. Aber das sanfte Über-den-Rücken-Streicheln regte mich höllisch auf. Ich schüttelte ihren Arm ab.

»Das sagen Wissenschaftler, Papa!«, schrie ich. »Und es betrifft unseren gesamten Stadtteil, unser Haus, die Schule, alles!« Ich lief weinend aus dem Raum und es fühlte sich an, als würde mich eine riesige Flutwelle verfolgen. Papa fluchte im Wohnzimmer. Ich kroch in mein Bett, zog die Decke über den Kopf, faltete mich zusammen wie einen Stadtplan, der ausgedient hatte, bereit, die neuen Koordinaten zu durchdringen …

Alles geht unter. Ein unheilvoller Gedankenstrudel riss mich mit. Unser Haus geht unter. Wie in einem Horrorfilm. Schon bei zwei Grad Erwärmung. Himmel! Fast der gesamte Hamburger Südosten. Und alle machen weiter wie bisher.

Warum tut denn keiner was? Verdammt noch mal! Da streiken wir seit Monaten und keiner tut etwas. Die mutlosen Oberbonzen versauen meine Zukunft. Und ich werde untergehen. Meine vertraute Welt wird untergehen.

Wie bei Omi und Opi, als die Flut kam. Omi hatte es bestimmt hundertmal erzählt. *Die große Flut.* Sie hatten ihr Schlafzimmer im ersten Stock. Und als Omi am frühen Morgen die Treppe hinunterstieg, stand sie plötzlich im Wasser. In Moorfleet war ein Deich gebrochen. Die Flut hatte alles mitgenommen: das neue Auto, den Familienschmuck, sogar das schwere Biedermeiersofa, das an der Krone der alten Tanne hängen geblieben war wie ein gepolstertes Floß. Das Schrecklichste aber war gewesen, dass die beiden Pferde im Stall ertrunken waren, Gulliver und Liliput. Das hatte Omi das Herz gebrochen und sie war noch mit 80 schreiend aufgewacht, weil sie seitdem immer wieder derselbe Albtraum quälte, in dem die beiden Rappen sie mit großen, angsterfüllten Augen ansahen, während das Wasser sie fortriss.

Eine nasse kalte Nase stupste mich. Poppy. Auch Poppy würde mit mir untergehen. Ich drückte das geliebte Fellknäuel fest an mich. Poppy leckte über meinen Arm. Wo sollten wir hin, wenn das Wasser käme? Von überall würden die Menschen in trockene Gebiete strömen. Ich hatte eine Tante in Freiburg … Aber ich wollte nicht nach Freiburg. Ich weinte und Poppy leckte über meine Wange. Hier war alles, was mir etwas bedeutete. Ich wollte meine Heimat nicht verlassen.

Weit nach Mitternacht schlief ich unruhig ein, träumte davon, mit dem Kopf gegen die Zimmerdecke zu stoßen, gegen die mein Bett von hereinströmenden Wassermassen gedrückt wurde. Mehrmals schreckte ich hoch, tauchte aus den

Albträumen auf wie eine Ertrinkende, japste nach Luft und sank nach gefühlten Ewigkeiten wieder zurück in die Kissen. Als es endlich hell wurde und Poppy mir die Hand leckte, stand ich sofort auf. Ich zog mich an, ging mit ihr aus dem Haus, die vertrauten Wege entlang, vorbei am alten Friedhof, dem kleinen Rasenplatz, der aus Vorzeiten stammenden Litfaßsäule, grüßte den Bäcker durch die Fensterscheibe, gab Mokka ein Leckerli, die mir mit Omma Annegret an der alten Pappel begegnete. Ein beliebter Hundetreffpunkt. Mein normales kleines Leben erschien mir heute so kostbar. Ich atmete tief ein, sah in die Baumkrone der Pappel, gab Omma Annegret die Hand, was ich sonst nie tat, verfolgte den schnellen Lauf eines Eichhörnchens und fühlte dabei einen gigantischen Weltschmerz.

Zuhause wäre ich am liebsten wieder ins Bett gekrochen. Hatte eh alles keinen Sinn mehr. Aber Leon klingelte unbarmherzig, also raffte ich mich auf, schnappte meine Tasche, ließ das Frühstück stehen, wuschelte Poppy durchs Fell und verließ mein Zuhause, als wäre es das letzte Mal, während mein Blick über die vertrauten Fotos an der Wand schweifte, die wie ein Tagebuch mein Leben illustrierten: Ava mit dem ersten Zahn, auf ihrem ersten Rad, Ava bei der Einschulung, mit dem Welpen Poppy und immer wieder Ava mit Leon.

»Hey, du Trantüte. Jetzt wird's knapp.«

»Trantüte? Was ist die männliche Form davon, Tranbeutel?«

Leon grinste.

»Also, du Tranbeutel, hättest ja früher auflaufen können.« Unsere Begrüßungszeremonie folgte: Hände einschlagen, Fäuste aufeinanderdrücken und eine angedeutete Umarmung.

»Also, Ava, normalerweise wartest du ja schon *vor* der Tür, ne?«

»Bald in Gummistiefeln, dann in so einer Anglerhose mit angenähten Schuhen und irgendwann im Taucheranzug.«

»Hä?«

»Hast du's nicht gehört? Unser Stadtteil wird komplett untergehen.«

»Ähm, Ava, das bezog sich auf 2050 oder 2100, soweit ich weiß. Kann es sein, dass du da einen Zahlendreher …?«

»Nein. Erstens geht das schneller, als du denkst, und zweitens lebe ich da noch, du Hirni, und drittens haben sie die Nachricht bestimmt beschönigt, damit keine Massenhysterie ausbricht.«

»So ein Blödsinn. Also echt, Ava. Das glaubst du ja wohl selbst nicht.«

»Doch, genau das glaube ich.«

»Ava, du machst dich verrückt. Genau wie damals, als es hieß, wir würden den Köhler zum Klassenlehrer bekommen. Da bist du völlig ausgetickt. Und dann war es die Liebscher. Und schwups war die Welt wieder in Ordnung.«

»Das kann man überhaupt nicht vergleichen. Jetzt geht es um alles, verstehst du das denn nicht?«

Leon lachte. »Ava, du klingst wie eine durchgeknallte Verschwörungstheoretikerin, die unter Drogen steht. Komm schon. Bis das Wasser wirklich so hoch steigt, haben wir längst tolle neue Erfindungen gemacht, die Hamburgs *Untergang* aufhalten werden.«

»Weißt du, was, du gigantischer Tranbeutel, du redest wie mein Vater.«

»Ich nehme das mal als Kompliment.« Leon lächelte und

seine strahlend blauen Augen glänzten wie kleine Wahrsagekugeln, in denen die Zukunft rosiger nicht aussehen könnte. Und das beruhigte mich tatsächlich. Es war der erste Moment seit der Meldung am Vortag, in dem ich frei atmen konnte und die bleierne Düsternis in mir ein wenig an Gewicht verlor. Wenn ich an Leons Seite war und in diese hellen Augen blickte, konnte mir überhaupt nichts passieren.

Das hatte ich zum ersten Mal gefühlt, als wir sieben gewesen waren. Ich hatte damals dichte schwarze Locken und sah mit meiner roten Schleife im Haar aus wie das Disney-Schneewittchen, als Leon und ich beschlossen abzuhauen. Wir hatten uns zuvor im Schrank versteckt und meine Eltern belauscht, um nicht zu verpassen, wie sie auf unsere Nachricht reagieren würden, die wir auf dem Tisch platziert hatten: ein gezeichneter Koffer, aus dem Quimpi, mein Stoffhund, und Schlumpi, Leons Filzlöwe mit den Märchenwollhaaren, rausguckten. So sollte es zumindest aussehen. Und daneben in krakeliger Schrift: *Sint weck nach Panama*. Wir hatten uns vorgestellt, dass meine Eltern heulend zusammenbrechen und wir dann aus dem Schrank springen würden, um sie wieder glücklich zu machen. Eine Art Denkzettel sollte das werden, weil sie mich am Morgen fürchterlich angeschrien hatten für etwas, das sie doch eigentlich fröhlich machen sollte.

Leon hatte bei mir übernachtet wie so oft. Wir waren sehr früh aufgewacht und in die Küche geschlichen, um meine Eltern mit einem Kuchen zu überraschen. Was leider schrecklich schiefging. Anstatt Mehl hatte ich Papas teure Flohsamenschalen erwischt und noch dazu war der Boden voller Eiermatsche. Aber hey? War das wirklich *so* schlimm?

Das mit dem Denkzettel war dann komplett nach hinten losgegangen. Sie hatten sich über unsere Nachricht kaputtgelacht und dann hatte Papa sich auch noch über die falsch geschriebenen Worte ausgelassen. Dabei waren wir sieben! Wir saßen Hand in Hand im dunklen Schrank. Als sie lachten, hörte ich Leon lauter atmen. Wir blieben einfach so sitzen, bis meine Eltern das Zimmer wieder verließen, ohne irgendetwas zu unternehmen. *Jetzt machen wir's*, flüsterte Leon. Und dann packten wir tatsächlich unsere Rucksäcke und marschierten los. Bis zur Boberger Düne kamen wir. Leon nahm mich wieder an die Hand und ich fühlte mich sicher. Es war einfach klar: An seiner Hand konnte mir nichts passieren. Das war ein unglaublich tolles Gefühl.

Und während uns die Polizei wenig später bei meinen Eltern ablieferte, ließ er mich nicht einmal dann los, als Mama mich umarmte und dabei weinte wie verrückt. Ich war mir damals sicher gewesen, dass ich Leon niemals verlieren würde. Er war mein Fels in der Brandung, mein bester Freund, mein Ein und Alles.

Jetzt waren meine schwarzen Haare lang und glatt und die rote Schleife bloß noch eine lustige Erinnerung. Wie Schneewittchen sah ich auch nicht mehr aus. Wohl eher wie eine molligere Pocahontas, wobei mollig übertrieben war. Aber Pocahontas! Himmel. Die brach ja fast durch in der Mitte. Meinen Stoffhund Quimpi hatte Poppy abgelöst. Und Leons Löwe Schlumpi war bei unserem Abenteuer verloren gegangen. Das eigentliche Drama des Tages. Dafür bekam er ein LEGO StarWars-Set mit Anakin Skywalker, den er immer in seiner Hosentasche mit sich herumtrug und jedem stolz unter die Nase hielt. Was ziemlich nervte. Doch diese Verbundenheit zwischen uns, dieses Gefühl, irgendwie zusammenzugehören, war geblieben.

Seit ein paar Monaten war da aber etwas Neues, Verwirrendes …. Auf einmal hatte ich Angst, ihn zu verlieren, und wog meine Worte ab, was ich zuvor nie getan hatte. Ich dehnte plötzlich unser Begrüßungsritual aus, um ihn länger berühren zu können. Und wenn ich in diese blauen *Wahrsagekugeln* blickte, dann wurde mein Herz von einer warmen Welle geflutet. Und das war eine Welle, in der ich gerne *untergehen* wollte.

4

Hurra, die Welt geht unter donnerte über den Schulhof. Auf der hellen Betonwand des Schulgebäudes brandeten aufgepeitschte Wellen, die ein Beamer aus einem Baum heraus darauf projizierte. Auf den breiteren Ästen saßen Schüler, verkleidet als Froschmänner und -frauen. Sie hatten Flossen an, trugen Taucherbrillen und grölten den Songtext in den frühen Morgen. Am Fuß des Baumes standen zwei Lehrer und reckten ihre Hälse in die Höhe, während überall auf dem Schulhof verstreut Schüler wie tot auf der Erde, beziehungsweise dem *Meeresgrund*, lagen – ertrunken.

Ich erkannte Fidor, Mayas großen Bruder, der eine Bademütze trug und aus dem Baum heraus laut den Refrain skandierte.

»Wir brauchen EUCH.« Ein blasses Mädchen mit schillernden *Plastikschuppen* auf ihrem T-Shirt gab Leon und mir Flyer. Sie klang sirenenhaft. Ein weiteres Paillettenmädchen pustete Seifenblasen in die Morgenluft. Ich las: *Du hast keine Zeit mehr, also nutze sie. Komm in unsere Aktionsgruppe zur Rettung der Welt. Sei cool und lass dich nicht kaltstellen. Lieber überleben, statt Vorzeit-Bio lernen.* Darunter ein Wal mit Flügeln. *Lass uns das Unmögliche möglich machen!*, stand auf seinem Bauch.

»Genial!«, rief ich dem Mädchen zu.

»Ihr beide könnt sofort mitmachen.« Das Paillettenmädchen zeigte auf die *Toten*, die nach Luft japsend auf dem Schulhof *verendet* waren.

»Komm!«, schrie ich Leon zu und zerrte ihn hinter mir her zum *Unterwasserfriedhof*.

»Nee, das ist mir echt zu blöd.«

»Was? Ist doch eine coole Aktion.« Ich ließ mich zwischen zwei *Ertrinkende* sinken und zog Leon herunter, der sich murrend neben mich setzte. »Es geht um alles, schon vergessen?«

»Ava, das ist doch nicht dein Ernst!« Er stand auf und blickte sich um. »Gibt's hier irgendwo eine versteckte Kamera? Ich glaub's echt nicht.«

Frau Liebscher lief über den Schulhof.

»Hey, die haben wir jetzt. Komm!« Er zog an meiner Hand.

»Nein. Das hier ist wichtiger!« Ich riss mich los.

»Okay, dann geh ich allein.« Und schon war er verschwunden.

Ich spürte den kühlen Boden unter mir. Die Musik wogte über mich hinweg, die Wellen mit ihren Silberkämmen schäumten über die Schulwand. Ich blickte in die Baumkronen, sah den blauen Himmel hindurchschimmern, einen Vogel, der seine Kreise drehte. Ein paar Seifenblasen in Regenbogenfarben. *Meine Welt,* dachte ich. *Meine berauschend schöne Welt*. Eine tiefe Traurigkeit überschwemmte mich und nährte einen Schluchzer, der meine Seele flutete wie der steigende Meeresspiegel. Es durfte einfach nicht sein.

»Kommst du nachher zum Planungstreffen bei Alice?« Ein Mädchen neben mir schob die Taucherbrille hoch. Ihre Augen waren so bernsteinfarben wie ihre Haut und die kleinen Perlen in ihren Dreadlocks. Sie hatte nicht nur Flossen an den

Füßen, sondern auch an den Händen. Eine reichte sie mir.
»Yoda.«
Ich schüttelte eine Flosse und grinste. »Bist du so weise, oder was?«
»Klar. Kommen du musst.« Sie wackelte mit den Flossen, die sie sich neben den Kopf hielt wie übergroße Ohren. Ich lachte und der Schluchzer löste sich auf wie Wachs in der Sonne.
»Ich komme natürlich, Ehrensache.«
Yoda nahm eine Flosse ab und legte mir etwas in die geöffnete Hand. Eine kleine Muschel, rau und betongrau. Dann ließ sie sich zurücksinken und regte sich nicht mehr. Ich schloss meine Hand um die Muschel und blickte wieder in die Baumkrone. Plötzlich war da eine kleine Hoffnung. Ein Zeichen. Ein Anfang gegen das Ende. Ein Wegweiser. Yoda mit den Bernsteinaugen.

5

Als ich den Klassenraum betrat, war Frau Liebscher schon dabei, ihre Sachen einzupacken.

»Ah, Ava, schön, dass du auch noch kommst. Bei der nächsten Aktion reichst du bitte *vorher* eine Entschuldigung ein.« Ein paar Mitschüler kicherten. Frau Liebscher kramte in ihrer Tasche, zog eine Karte heraus und reichte sie mir. »Wir haben gerade Referatsthemen zur Klimawoche verteilt. Das hier ist übrig.« Ich blickte auf die Karte. Ein Weizenfeld. Mehr war darauf nicht zu sehen. »Ackerbau. Landwirtschaft. Ein tolles Thema.« Frau Liebscher lächelte mich an.

»Aber …« Ich sah Hilfe suchend zu Leon, der bloß mit den Schultern zuckte.

»Tut mir leid«, sagte Frau Liebscher und ließ die Schnalle ihrer Tasche einschnappen. »Es ist auch nur noch ein Termin übrig.« Die Schulglocke läutete. Sie ging zur Tür und drehte sich um. »Montag nächste Woche.«

»Oh, das tut mir nun aber gar nicht leid.« Ben lief an mir vorbei und wedelte mit seiner Karte vor meiner Nase herum, auf der ein Eisbär auf einer Scholle abgebildet war. Der Arsch. Ich ignorierte ihn und ließ mich neben Leon fallen.

»O Mann. Ausgerechnet Landwirtschaft. Warum hast du das nicht genommen? Du wohnst doch auf einem Bauernhof.«

»Weil mich das hier mehr interessiert.« Er zeigte mir seine

Karte. Eine Insel im Ozean, auf der die Hütten halb im Wasser standen.

»Aber das ist doch mein Wunschthema!«

»Ja, meins auch.« Leon grinste.

»Das stimmt doch gar nicht.« Ich wollte ihm die Karte aus der Hand nehmen, aber er zog sie schnell weg.

»Sagen wir mal so: Ich wollte dich schützen, damit du dich nicht noch mehr in die Sache reinsteigerst und gar nichts Spaßiges mehr mit mir machst.« Er zog einen Mundwinkel hoch.

»LEON! Das ist soo …« Eigentlich wollte ich *egoistisch* sagen, aber ich brachte das Wort nicht über die Lippen. Er sah mich einfach so verdammt süß an.

»Vielleicht tauscht Kruso mit dir.« Kruso. Dass er auf einem Hof lebte, war nicht zu übersehen. Kruso sah aus wie ein Klischee-Bauernsohn, hatte zerschlissene Jeans an, schwere Stiefel, an denen Erde klebte, und ein viel zu großes kariertes Hemd mit hochgekrempelten Ärmeln. Seine Haare waren etwas zu lang und etwas zu zerzaust. Er saß allein an seinem Tisch in der letzten Reihe und soweit ich mich erinnerte, sprach er fast nie mit jemandem. Ich vermutete, er träumte sein Leben eher, als dass er es wirklich lebte. Es dauerte auch immer ein wenig länger als bei anderen, bis er reagierte, wenn ein Lehrer ihn ansprach. Gerade kratzte er sich mit einer Ecke seines Lineals Erde unter den Fingernägeln heraus.

»Hey.« Kruso zuckte zusammen. »Erde an fernen Planeten.« Ich ließ mein Ackerfoto auf seinem Tisch landen. »Kannst du mir mal deine Karte zeigen?« Kruso blickte so langsam zu mir, als würde seine Welt sich in Zeitlupe drehen. Dann kramte er zwischen den Seiten eines zerfledderten Collegeblocks die Karte hervor. Eine Schale mit Zitrusfrüchten, Mangos und Avocados war darauf zu sehen.

»Baut ihr das auf eurem Hof an?«

Er lächelte wie jemand, dem gerade ein Kompliment in einer fremden Sprache gemacht wurde, und wandte sich dann wieder seinen Fingernägeln zu. »Noch nicht«, sagte er nach einer Ewigkeit.

»Warum hast du nicht Ackerbau genommen? Da kennst du dich doch gut aus.« Er zuckte mit den Schultern. »Tauschst du mit mir?« Er schüttelte den Kopf. »Bitte.« Er schüttelte wieder den Kopf. »Wieso denn nicht?«

»Ich bin gespannt, was du dazu zu sagen hast.« Er lächelte und mir fiel auf, dass er einen Button am Hemd trug mit der krakeligen Aufschrift *Wir sind die Flut*. Darunter eine Insel mit einer Palme. Er bemerkte meinen Blick. »Leon war schneller. Das Thema hätte mich am meisten interessiert.«

»Mich auch. Hast du den Bericht gestern gesehen über Hamburg …?«

»Ist nichts Neues.«

»Nein?«

»Nein. Ich bau ein Boot. Eine Arche.«

»Was?« Er hatte einen an der Waffel, ganz eindeutig. »Und dann packst du zwei Heidschnucken, zwei Milchkühe und zwei Säue drauf?«

»Das wäre Blödsinn. Es müssten schon eine Kuh und ein Bulle sein. Und eine Sau und ein Eber. Sonst macht es keinen Sinn.«

»Schlaumeier.«

»Nein, das Boot ist für meine Familie. Damit wir noch ans Festland kommen.«

»Festland?«

Er schob sein Heft zur Seite und zeigte mir einen abgerissenen Fetzen aus einem Stadtplan. »Unser Hof liegt auf einem Plateau.« Er flüsterte verschwörerisch, als würde er mir eine Schatzkarte präsentieren, und zeigte auf eine Stelle, die rot eingekreist war. »Das wird mal eine Insel.«

»Und da baust du jetzt schon ein Boot?«

»Hm.« Sein Blick suchte wieder die Unschärfe und er versank in einer Düsternis, die ich fühlen konnte. Die ich selbst kannte. Einer Düsternis, die auch mich lähmte und herunterzog. Dieses vertraute Gefühl knüpfte in Windeseile ein tröstendes Band zwischen uns, einen stillen Pakt.

»… gegen die Angst«, flüsterte ich mehr zu mir. Da blickte Kruso auf und in seinen traurigen grünen Augen flackerten helle Punkte wie Lotusblüten, die sich im Sumpf entfalteten.

»Ja«, sagte er, »gegen die Angst.«

6

Schultage waren Avocadotage. Ich hatte immer eine dabei, natürlich bio. Maya sagte sogar *Avacado* dazu, weil ich sie so sehr liebte. Seit ich vegan aß, war ich *Avocadierin*, denn da war vieles drin, was ich an gesunden Fetten und Vitaminen brauchte. Ben, der Depp, nannte mich immer *Biotönnchen de luxe*, dabei war ich nun wirklich kein *Tönnchen*. Und das *Bio* zeigte doch, dass ich etwas bewusster mit der Umwelt und meinem Körper umging als so manch anderer. Ben schob auch immer demonstrativ seine Bifi vor meiner Nase aus der Verpackung und machte dabei Geräusche wie kurz vor einem Orgasmus. Das war echt völlig daneben. Unsere Väter hatten zusammen studiert und waren beide erfolgreiche Anwälte. Aber Bens Vater hatte oft echte Kriminelle als Klienten: Großkonzerne, Autobauer, Steuerbetrüger und Banken. Papa war zwar auch kein Engel, aber VW hätte er niemals vertreten, auch Bayer-Monsanto nicht und diese Cum-Ex-Verbrecher. Auf Instagram hatte ich mal gepostet, dass die Bahn haufenweise Glyphosat auf die Gleise sprüht, um sie von Unkraut frei zu halten. Da kommentierte Ben, sein Vater hätte gerade durchgeboxt, dass das Gift noch länger zulässig bleiben würde und daher zum Glück weiterhin jeder siebte Zug pünktlich ankomme. Mit Zwinkersmiley. Echt ein Riesenarsch. Was mich jetzt auf die Barrikaden brachte, war diese blödsinnige Themenverteilung für die Referate zu unserer

Klimawoche, für die ich mich bei Frau Liebscher enorm eingesetzt hatte. Ben und sein Eisbär auf der Scholle. O Mann. So ein wichtiges Thema bei diesem Vollidioten. Dem fiel wahrscheinlich die Titanic dazu ein oder Langnese. Echt verschenkt! Und Leon hatte das Pendant zu Bens Karte: An den Polen wird die Eisfläche kleiner, weil sie schmilzt, während einige Südseeinseln langsam untergehen, weil das Wasser steigt. Dazu hatte ich gleich tausend Ideen, vor allem jetzt, wo sogar meine Heimat betroffen sein würde. Aber zu einem Weizenfeld?

Die Schulstunden plätscherten so vor sich hin, während ich darüber nachdachte, was man tun könnte, um unseren Untergang aufzuhalten, und dabei immer mehr resignierte. Ein anderer Text auf dem Demoschild? Ein Aufruf über Instagram? Pfff. Ich hatte gerade mal 47 Follower, die meisten waren aus meiner Klasse. Mal sehen, was das Planungstreffen am Nachmittag bringen würde.

»Nicht vergessen: Morgen ist Demo!«, rief ich in den Raum, als es zur Pause läutete – was mit einem kollektiven Aufstöhnen kommentiert wurde.

»Das bringt doch eh nix.« Saskia klopfte auf ihre Karte, die auf dem Tisch lag. Die rauchenden Schlote eines Kohlekraftwerks waren darauf abgebildet. »Es ist kaum etwas passiert seit Beginn der Demos.«

»Genau«, sagte Sally, »hier ein Entschlüsschen, da ein Kompromisschen. Vergiss es! Und wir sind auch nicht Greta. Der hört man immerhin zu.«

»Dabei hast du so schöne Greta-Zöpfe«, höhnte Ben in Fistelstimme und legte sich imaginäre Zöpfe über die Schultern. Besat lachte und schlug mit ihm ein.

»Du Lauch.« Sally boxte ihm auf den Rücken.

»Wir sind doch alle ein bisschen Greta, wenn wir da hingehen«, warf ich ein. »Die hat sich einfach jeden Freitag mit ihrem Schild vors Parlament gesetzt und demonstriert. Fertig. Und irgendwann ging es durch die Medien und es kamen immer mehr von uns dazu. Der Rest ist Geschichte.«

»Und was hat's gebracht?« Saskia blickte auf ihr Handy, während sie sprach.

»Na, immerhin reden alle übers Klima und die Wissenschaftler werden mehr beachtet. Wenn nicht gerade ein Virus wütet und alles lahmlegt.«

»Von wem beachtet? Trump? Bolsonaro? Die Brasilianer wollen sogar noch mehr Regenwald abholzen, vor allem für Soja und Rindfleisch. Damit wir auch weiterhin dreimal am Tag Fleischlappen in uns reinschaufeln können. Und hier bei uns traut sich ohnehin keiner was Großes. Es könnte ja Wählerstimmen kosten und der AfD in die Hände spielen.« Saskia nahm ihre Tasche und machte Jonas ein Zeichen, der an der Tür stand und wartete.

»Und deshalb schauen wir lieber tatenlos zu, bis uns das Wasser bis zum Hals steht, oder was?« Ich sah Hilfe suchend zu Leon, der nur zaghaft nickte. »Wollt ihr einfach aufgeben?«

Saskia zog die Schultern hoch. Ben, Besat und Lela verließen murmelnd den Raum. Sally blickte schweigend auf ihr Handy. Leon suchte etwas in seinen Hosentaschen und Maya legte mir eine Hand auf den Rücken.

»Du solltest mal wieder mit zum Tanzen kommen. Das bringt dich auf andere Gedanken.«

Ich blickte sie an. »Maya, nee jetzt. Du auch?«

»Ich hab ehrlich gesagt keinen Bock mehr, immer am Wochenende den Stoff nachzuholen und dafür jedes Mal Tanzen sausen zu lassen.« Sie sah mich traurig an und packte ihre Sachen ein.

Hinter ihr, an die Wand gelehnt, stand Kruso und blickte aus dem Fenster.

»Und du?«

Er drehte sich langsam zu mir um und schien zu rätseln, ob ich tatsächlich ihn meinte. »Ich kann nicht, werde auf dem Hof gebraucht.«

»Ach ja, ich vergaß«, sagte ich grimmig, »der geht ja auch nicht unter, stimmt's?« Kruso sah mich mit großen runden Augen an.

Ich gab es auf und wandte mich Leon zu. »Aber wir treffen uns doch morgen, oder?«

»Klar. Ich erzähl dir was über die Landwirtschaft und du ...« Er schwenkte seine Karte vor meinen Augen.

»Abgemacht. Aber nach der Demo.« Er rollte mit den Augen. »Du kommst doch mit, oder?«

»Zu deinem persönlichen Schutz.«

»Sehr witzig.«

»Aber Schwimmflügel ziehe ich nicht an.« Er wedelte mit angewinkelten Armen wie ein flatterndes Entchen. »Vielleicht lieber einen Rettungsring, in den wir beide reinpassen.« Er legte seine Arme um mich wie einen Ring, ließ sie aber gleich wieder auseinanderschnellen und wich einen Schritt zurück. In seinen *Wahrsagekugeln* peitschte die See, genau wie in meinem Herzen. »Wie wär's nachher mit einem Eis?«

»Oh ja, was Kühles kann ich gut gebrauchen.« Ich blickte auf die Uhr an seinem Handgelenk. »Ach nein, nach der Schule ist gleich unser Planungstreffen. Komm doch einfach mit.«

»Zu den Froschmännern? Nee, lass mal. Bei den Demos dein Bodyguard zu sein, reicht mir völlig.«

»Es geht ja nicht um mich, sondern um unsere Zukunft.«

»Oh«, er grinste, »die sieht bei mir rosig aus.«

»Ach ja?« Ich hielt ihm meine Ackerkarte vor die Nase. »Nicht eher weizig als rosig?«

Er nahm einen roten Kugelschreiber aus seiner Tasche und zeichnete eine kleine Rose in das Kornfeld. »Nein, rosig.«

7

Das Planungstreffen der Aktivisten fand bei Alice statt, einer rot gelockten Paradeanführerin, die mich an die *Rote Zora* aus meinem Lieblingsbuch erinnerte. Sie hatte gerade ihr Abi gemacht und wohnte in einem Haus, das komplett mit Efeu und wildem Wein überwuchert war und eine alte Scheune im Hinterhof hatte – die Schaltzentrale unserer Aktivitäten. Wir saßen auf Strohballen, tranken frischen Minztee aus Emailletassen und zwischen uns auf dem lehmigen Boden lag eine Karte von Hamburg, auf der die Stellen markiert waren, die in nicht so ferner Zukunft überschwemmt werden würden.

»Toll, dass wir schon so viele sind«, sagte Alice. »Die Aktion hat sich gelohnt. Jetzt dürfte auch der Letzte in der Schule wissen, dass es uns gibt.« Ich zählte 27 Teilnehmer, von denen viele johlten und klatschten. »Wir begrüßen unsere neuen Mitglieder und erklären euch kurz, was wir vorhaben.« Sie blickte mich direkt an. »Wir wollen *auswandern*, auf sicheres Terrain, und dort ein Protestcamp errichten. Die Stelle soll erhöht liegen, an einem Punkt, der später eine Insel werden wird, wenn das Wasser steigt. Dort werden wir zwei Wochen am Stück campieren und versuchen, so viel Aufmerksamkeit wie möglich zu bekommen. Kenyal, der YouTuber, hat schon zugesichert, ein Video darüber zu machen. Danke für den Kontakt, Yoda.« Sie nickte Yoda zu, die neben mir auf demselben Strohballen saß. Manche klatschten.

»Und die Schule?« Ein Junge aus der Zehnten, den ich aus dem Sportverein kannte, meldete sich.

»Die Schule wird in der Zeit bestreikt«, sagte Alice, »ist doch klar. Sonst kümmert die Aktion keine Sau.«

Ein blondes Mädchen stand auf. »Und wo genau soll das Zeltdorf sein?«

Alice zeigte auf die Karte. Drei Stellen waren rot eingekreist. »Es gibt folgende Möglichkeiten.« Sie tippte mit der Spitze eines Stocks auf eines der Felder. »Hier ist ein Wald. Keine Häuser, keine Wiesen. Ein schwieriges Terrain. Und da ...« Sie zeigte mit dem Stock auf ein anderes Feld. »Da gibt es ein paar Häuser mit privaten Gärten und dazwischen Straßen und einen Parkplatz. Das wäre eine Möglichkeit. Aber am besten wäre es«, sie tippte auf das letzte rot umkreiste Feld, »wenn wir hier unser Lager aufschlagen würden. Da ist ein Bauernhof. Wir müssten herausfinden, wem er gehört, und fragen, ob wir dort zelten dürfen. Da es auf dem Hügel viele Felder gibt und kaum Bäume, würden wir sicherlich am meisten auffallen. Außerdem hat die Landwirtschaft ja auch viel mit dem Klimawandel zu tun. Vielleicht können wir das verbinden.«

Ich starrte auf die Karte. Ich wusste genau, wem der Hof auf dem Plateau gehörte. Mein Herz klopfte, als ich mich zu Wort meldete. »Das ist der Hof der Rusowskis. Einer der Söhne geht in meine Klasse. Kruso.«

»Das ist ja genial!« Alice klatschte in die Hände. »Du bist unsere Mittlerin.« Sie kam zu mir herüber. »Du kommst genau im richtigen Moment.«

Meine Knie zitterten. Es war das erste Mal, dass ich das Gefühl hatte, wirklich etwas beitragen zu können. Auf den Demos war ich ein Pünktchen im Meer der Masse. Ich schwamm mit, ohne den Verlauf der Strömung zu beeinflussen, verließ mich darauf, dass die größeren Fische das schon erledigten. Natürlich mit unserer Unterstützung. Und das war bisher auch okay gewesen. Aber seit die Düsternis mich heimsuchte, verlangte alles in mir nach mehr. Entweder aufgeben oder richtig loslegen. Das war meine einzige Chance. Kruso baute ein Boot. Ich würde ein Zeltdorf errichten – gegen die Angst.

»Hey, das ist der Hof der *Gestörten*, oder? Der Bruder hat doch damals die Scheiße angeschleppt.« Ein großer Kerl mit breiten Schultern blickte mich an.

»Ob da wirklich jemand *gestört* ist, werden wir dann ja feststellen«, mahnte Alice, woraufhin sie wieder mich ansah. »Sprich so schnell wie möglich mit Kruso, ja? Wir wollen schon in gut einer Woche loslegen. Am besten wäre es, er würde selbst mitmachen.«

»Ich spreche mit ihm.« Aufregend war das, neu, belebend. Aber auch verwirrend und beunruhigend. Nun hing etwas von mir ab, etwas Großes und Wunderbares. Ich durfte das nicht vermasseln. Es würde bestimmt nicht einfach werden. Kruso war unser Outlaw, ein Einzelgänger und Traumtänzer. Niemand war mit ihm befreundet, keiner wusste etwas über ihn. Nicht einmal Leon, der ja sozusagen nebenan wohnte, auch wenn die Wohnhäuser ein paar Hundert Meter auseinanderlagen. Nur dass er der zweite Sohn eines Bauern war, wussten alle, denn Krusos Bruder hatte vor drei Jahren eine Ladung Mist vor dem Lehrerzimmer abgeladen, nachdem er von der Schule geflogen war. Das hatte Kruso traurige Berühmtheit beschert und er war seitdem der bemitleidenswerte und offensichtlich *traumatisierte* Bruder des *gestörten* ältesten

Rusowskisohns und stand daher unter ständiger Beobachtung der Lehrer.

»Kruso passt ja wie Arche zu Noah.« Yoda sprang auf. »Wie hieß denn Robinsons Insel?«

»Gute Idee. Das finden wir heraus.« Alice sah mich an. »Du machst doch mit, oder?«

»Ja«, sagte ich zögerlich, denn die Vorstellung, zwei Wochen lang die Schule zu bestreiken, war ein echtes Hindernis. Da würden meine Eltern niemals zustimmen.

»Klar macht sie mit.« Yoda hakte sich bei mir unter und drückte sich fest an mich. »Sie war auch schon beim Die-in dabei.«

»Perfekt.« Alice reckte kämpferisch einen Arm in die Höhe. »Jetzt brauchen wir nur noch einen Namen für die Aktion.«

»Wir sind die Flut«, flüsterte ich und dachte an die Aufschrift auf Krusos Button.

»Laut«, sagte Yoda.

»Wir sind die Flut«, wiederholte ich prompt.

»Yessss«, sagte Alice. »Das ist es. Genial!« Alle klatschten. Ich fühlte mich unwohl. Hatte ich Kruso den Slogan geklaut?

8

»Dad ist mal wieder in Berlin und macht Politik.«

Leons Eltern waren wirklich cool. Sie machten etwas Sinnvolles, sorgten für unsere Nahrung und waren supernett. Ich durfte jederzeit ein Pferd zum Ausreiten leihen, sogar wenn Leon nicht mitkam. Und abgesehen von den Traktoren und Erntemaschinen, die nun mal unerlässlich waren, fuhren sie ein Hybridauto und spendeten für Projekte in Entwicklungsländern viel Geld.

»Ich hoffe, er kämpft dort für unsere Zukunft. Die Landwirtschaft macht ja auch viel Dreck, womit wir gleich beim Thema wären.«

»In seine Geschäfte mische ich mich nicht ein. Du weißt ja, dass er schon Pickel kriegt, wenn ich zu den Demos gehe, weil er mich unbedingt auf einer der Unis sehen will, die sich mit der allerneuesten Landmaschinentechnik beschäftigen. Kennst ihn doch: Die Noten sollen stimmen. Vor allem Englisch und Informatik.« Er imitierte die tiefe Stimme seines Vaters: »Das braucht man heute auf deutschen Äckern.« Er lachte. »Ich sag nur *Smart Farming*.«

Wir waren mit Nonno und Ulysses unterwegs. Nonno war eine Haflinger-Stute und gehörte Leon seit seinem zwölften Geburtstag. Ich ritt immer auf Ulysses, einem Friesen-Wallach, der bei allen wild wurde außer bei mir. Poppy lief neben uns her. Plötzlich jagte sie bellend los und verschwand zwischen den Weizenhalmen. Meine Tante hatte die Mischlingshündin von ihrem Freund geschenkt bekommen, weil sie *so süß* war. Leider wohnte meine Tante im sechsten Stock und arbeitete acht bis zehn Stunden am Tag. Wenn sie nach Hause kam, war die Wohnung eingekotet und Poppy am Durchdrehen. Also hab ich sie bekommen. Und nun war sie der besterzogene Hund der Welt. Eigentlich.

»POPPY!«, rief ich und pfiff durch die Finger. Aber die Weizenhalme raschelten in immer größerer Entfernung. Und zwar genau auf einen Traktor zu, der die Felder der Klamms besprühte und eine nebelgraue Wolke in den Himmel trieb.

»Verdammt.« Leon zückte sein Handy. »Ich rufe Dad an.«

»Was soll der denn machen? Ich dachte, er ist in Berlin?«

»Ja schon, aber der Trecker fährt über GPS. Dad kann ihn über sein Tablet erreichen.«

»Das dauert zu lange.« Ich gab Ulysses die Sporen und galoppierte am Feld entlang. »POPPY!« Der Weizen bewegte sich nur noch an einer Stelle. Ich ritt so nah ich konnte heran, stieg ab und rannte ins Feld hinein, während der Traktor immer näher kam. »POOOOOPPY!« Endlich blieb das knatternde Ungetüm stehen. Ich erreichte die Stelle, an der es raschelte. Und da war Poppy, die aufgeregt um ein Rehkitz herumlief und es mit der Schnauze anstupste. »Poppy, was hast du denn da entdeckt.« Ich bückte mich zu dem Kitz hinunter, das sich an einem Bein leckte. Es schien verletzt zu sein. »Leon!« Ich winkte ihn heran. »Poppy ist hier.«

In der Zwischenzeit war der Fahrer aus dem Traktor gestiegen und kam auf uns zu. Es gab also doch einen. Und der sah gespenstisch aus. Er hatte einen Schutzanzug an, einen Mundschutz auf und gestikulierte wild mit den Armen.

Leon blieb mit Nonno neben Ulysses stehen und sah zu mir herüber. Er wirkte verzweifelter als ich. »Dann komm zurück. Schnell!«, schrie er.

»Poppy hat ein verletztes Rehkitz gefunden!«

Der Fahrer war inzwischen bei mir angekommen. »Mädchen, was machst du bloß?« Die Worte klangen ganz dumpf durch seinen Mundschutz. »Schnapp deine Töle und runter vom Feld.«

»Aber das Rehkitz ...«

Der Mann beugte sich umständlich hinunter und nahm das verletzte Tier auf den Arm. Sein Schutzanzug raschelte. »Da kümmere ich mich drum ... Los, jetzt macht euch endlich vom Acker!«

Ich legte Poppy die Leine an und zog sie vom Feld. Sie hörte nicht damit auf, den vermummten Kerl anzubellen, und zerrte an der Leine wie noch nie.

»Mann, ist der unfreundlich.« Ich wuschelte Poppy durchs Fell. »Du bist ja eine richtige Heldin, hast das kleine Rehchen gerettet.« Ich zog ein Leckerli aus der Tasche und gab es ihr. Leon sagte gar nichts, beobachtete uns nur, bis wir bei ihm ankamen. Er reichte mir stumm Ulysses' Zügel.

»Was ist?«

»Das Feld wird gespritzt. Dann musst du ihn an der Leine lassen, weißt du doch.«

»Wie soll das denn gehen?«

»Du musst eben laufen.«

»Blödsinn. *Sie* haut nicht noch mal ab. Und das Rehkitz ist nun hoffentlich in guten Händen ... Was wird eigentlich aus ihm? Bringt der Cyborg es zum Tierarzt?«

»Zu meiner Mutter. Die kennt sich aus.«

»Das ist gut.« Ich blickte Leon an. »Warum bist du denn so schrecklich ernst? Ist doch alles gut gegangen. Und Poppy ist jetzt eine Heldin.« Ich löste die Leine und stieg auf Ulysses.

»Hm.«

»Sag mal, der Traktor kann ferngesteuert werden?«

»Ja, läuft über Computer. Frag mich aber nicht, wie. Mein Vater ist der Profi. Immer auf dem neuesten Stand. Ab und zu weiht er mich mal in was ein, aber an die IT lässt er mich nicht ran. Wir haben auch Drohnen und Melkroboter und lauter so Sachen. Das ist Landwirtschaft 4.0. Noch nie von gehört?«

»Nee. Ist das was Gutes?«

Leon lachte. »Ja klar. Sonst würde Papa es nicht machen.«

Wir trabten einen Feldweg entlang. Auf der einen Seite standen Maisstauden, dicht an dicht in beachtlicher Größe und mit kräftigen Blättern. Auf der anderen Seite, wo es eine Anhöhe hinaufging, war ebenfalls ein Maisfeld, aber das sah dagegen richtig kümmerlich aus. Der Boden war ausgetrocknet und rissig, die Stauden standen weit auseinander, schienen eher mickrig und verdorrt, teilweise abgestorben. Ein trostloser Anblick.

»Was ist denn da los?«

»Hier verläuft die Grundstücksgrenze. Das Trauerspiel da geht auf das Konto von Krusos Familie. Sieht schlimm aus. Die wirtschaften alles zugrunde.« Leon warf einen Stein, der klackernd über den Boden kullerte. »Alles staubtrocken. Und der Mais ist auch noch von einem Schädling befallen. Dad ist in hellem Aufruhr, weil die Rusowskis nichts dagegen tun. Ich glaube, die lassen einfach alles verrotten. Und dann hüpfen die kleinen Biester bald auf unserem Mais herum.«

»Klingt nicht gut.«

»Allerdings. Dad versucht schon seit einer Weile, das Land zu kaufen, aber Rusowski gibt es nicht her. Dabei macht Dad einen Spitzenpreis. So viel wird Rusowski nie wieder dafür bekommen. Wer will schon so einen kaputten Boden?«

»Na, offensichtlich dein Vater.«

»Ach, ich glaube, der will den Rusowskis nur helfen. Und man kann ja immer noch was darauf bauen, eine Biogasanlage zum Beispiel.«

»Es könnte noch einen anderen Grund haben.«

»Ach ja? Welchen denn?«

»Ihr Land bleibt über Wasser. Eures geht unter.«

Leon ließ Nonno anhalten. »Ava. Nicht dein Ernst, oder? Hör doch mal mit diesem Quatsch auf.«

»Du willst es nur nicht glauben, weil es dir sonst Angst machen würde.«

»Argh. Hör auf. Das ist mir zu abstrus.«

Wir ritten eine Weile stumm weiter, vorbei an Rusowskis traurigen Feldern. Ich dachte an Kruso, der mir leidtat. Eigentlich wollte ich Leon von der geplanten Aktion mit dem Protestcamp erzählen. Aber er würde ohnehin nur mit den Augen rollen und mich für verrückt erklären. Also behielt ich es für mich.

»Könnte Rusowski den kaputten Boden nicht wieder anreichern?«

»Wäre wahrscheinlich möglich. Vielleicht könnte man mit speziellen Programmen ausrechnen lassen, was gemacht werden muss, und Drohnen fliegen lassen, die Schlupfwespenlarven verteilen. Die futtern die Schädlinge nämlich auf, wenn ich mich nicht irre.«

»Könntet ihr den Rusowskis die Drohnen nicht leihen, damit sie das selbst machen können?«

Leon stutzte. »Hm. Wahrscheinlich schon. Keine Ahnung.« Er schwieg eine Weile, bis wir den Waldrand erreichten und abstiegen, damit die Pferde an einem Bach trinken konnten.

Poppy drückte sich an meine Beine und wollte gestreichelt werden. Sie leckte sich wie irre über ihre Pfoten und sah mich immer wieder aus merkwürdig aufgerissenen Augen an. Irgendetwas stimmte nicht. In der Ferne fuhr ein Lkw vorbei, der riesige Traktor der Klamms tuckerte und im Wald krächzte ein Vogel. Leon blickte finster zum Laster hinüber.

»Dad wird wieder fluchen. Da kommt eine neue Ladung Holland-Gülle.«

»Wie?« Ich hatte mich zu Poppy gebückt, die nun über meine Hand leckte.

»Rusowski bekommt Gülle aus Holland, die dort nicht ausgebracht werden darf, weil sie das Grundwasser belastet. Die haben strengere Gesetze als wir. Deshalb zahlen sie Rusowski noch dafür, dass er die Gülle abnimmt. Und da er kaum Viehwirtschaft hat und nebenbei bemerkt auch kein Geld, bringt er den Mist auf seinen beschissenen Feldern aus, anstatt zum Beispiel Gülle von uns zu nehmen. Wir haben viel mehr, als wir brauchen. Aber die Holländer zahlen dafür.«

»Die Felder stinken also nach holländischer Gülle?«

»Ja, genau.«

Langsam begann mich das Thema zu interessieren. Ich wusste schon, dass weltweit knapp ein Drittel der Treibhausgasemissionen aus der Landwirtschaft kam, vor allem aufgrund des Fleischkonsums und der dafür nötigen Futtermittel. Jetzt verstand ich aber auch: Wenn viele Bauern ihre Felder so behandelten, wie die Rusowskis es taten, dann gingen die Böden kaputt, die Schädlinge nahmen zu und der ganze Dreck, der gespritzt wurde, gelangte massenhaft ins Grundwasser.

»Warum baut ihr eigentlich nicht bio an? Ist doch viel besser.«

»Ich glaube, Dads Großabnehmer will das nicht. Und er kann eben nur produzieren, was gefragt ist.«

»Kann er nicht einen anderen Abnehmer suchen?«

»So leicht ist das nicht. Die Nachfrage regelt den Anbau.«

»Wirklich?«

»Ich glaub schon. Und bei Bio hat man dann auch viel weniger Erträge pro Hektar.« Leon stieg in Nonnos Steigbügel und zog sich am Sattel hoch. »Du bist ja wie eine Journalistin auf der Suche nach einer Story.« Er grinste. »Vielleicht solltest du mal Dad interviewen. Der muss häufiger Fragen beantworten. Vor allem, weil er hier einer der Vorreiter im Smart Farming ist.«

»Gute Idee.« Ich sah zu Poppy, die merkwürdig unruhig um meine Beine herumschlich und mich immer wieder aus ihren großen Augen ansah. »Komm schon, meine Süße, gleich gibt es was zu trinken.« Ich gab ihr einen zärtlichen Klaps und schwang mich auf Ulysses.

Wir ritten um die Anhöhe herum, auf der Rusowskis Hof lag. Poppy lief zwar nebenher, aber sie wirkte schlapper als sonst und hechelte wie eine alte Hündin, deren Kräfte schwanden. Was war nur mit ihr los? Als wir die Straße kreuzten, ließ der holländische Laster gerade die dampfende braune Brühe ab. Einige Krähen flatterten aufgeregt darum herum. Ich sprang vom Pferd, zückte mein Handy und machte schnell ein Foto.

Da sah ich Kruso. Er stand abseits, hatte eine Forke in der Hand und blickte mich direkt an. Sofort war mir das Foto unangenehm und ich nickte entschuldigend in seine Richtung. Er nickte zurück.

»Weißt du, was?«, flüsterte Leon. »Ich glaub, Krusos älterer Bruder hat sich gerade bei meinem Dad beworben. Dabei übernehmen die Ältesten üblicherweise den Hof. Der scheint keinen Bock auf das Erbe zu haben. Ich kann's verstehen. Die halten nicht mehr lange durch. So viel ist sicher.«

Ich schwieg. Musste Kruso jetzt den Hof und all die Probleme übernehmen? Mir war unwohl. Ich hatte das blöde Gefühl, nun etwas zu wissen, das ich gar nicht wissen sollte. Kruso kam mir noch verlorener vor als zuvor und ich hatte ein seltsames Mitleid, wie man es manchmal empfindet, wenn man Bilder von Kranken, Hungernden oder Verfolgten sieht und gleichzeitig froh ist, nicht selbst betroffen zu sein. Kruso war also nicht nur ein einsamer Träumer, er war auch noch ein richtiger Pechvogel, der wenig Chancen auf ein *gutes Leben* zu haben schien. Ein Leben, wie es mir vorschwebte, mit Studium und Doktortitel, Anerkennung und finanzieller Absicherung.

9

Poppy kotzte. Genau vor meine Füße. Dann legte sie sich auf den Boden und winselte.

»Was hast du denn?« Ich streichelte ihr durchs Fell.

»Vielleicht solltest du mit ihm zum Tierarzt gehen.«

»Vielleicht hat *sie* etwas Verdorbenes gefressen.«

Leons Handy brüllte wie ein Löwe. Sein Klingelton.

»Dad? Sorry ... Hi. Hm? ... Neben mir ... Ja ...« Er blickte zu Poppy. »Ja ...« Er wandte sich ab und sprach ein bisschen leiser. »Nein, konnte ich nicht. Ging zu schnell ... O Mann.« Er sah mich entschuldigend an und lief ein paar Schritte den Feldweg entlang. »Und jetzt?«

»Hallo.« Ich schreckte hoch. Kruso stand vor mir, die Forke auf den Boden gerammt wie eine Lanze. »Das Gift.« Er blickte zu Poppy.

»Welches Gift?« Er zeigte zu Klamms Acker hinüber, auf dem schon wieder gesprüht wurde. Und da verstand ich. »Du meinst ... Poppy?« Er nickte. »O mein Gott!« Poppy legte sich über meine Füße und winselte.

»Komm. Meine Mutter kennt sich aus.« Er warf die Forke auf den Boden, hob Poppy vorsichtig hoch und ging voraus. Ich lief hinter ihm her wie hypnotisiert. *Poppy, Poppy, Poppy*, war alles, was ich denken konnte. Sie hatte plötzlich Schaum vor dem Mund und hing schlapp in Krusos Armen.

Mit dem Stiefel stieß er eine schwere, mit Eisen beschlagene

Tür auf. Ich folgte ihm und versuchte dabei, meine Panik im Zaum zu halten. Wir kamen in eine Küche, die aussah wie aus dem letzten Jahrhundert. Fast alles war aus rustikalem Eichenholz und um jeden Gegenstand waren Deckchen drapiert, bunt bestickt mit Bauernweisheiten. Eines hing über der Eckbank und fiel mir sofort ins Auge: *Wenn du im Herzen Frieden hast, wird dir die Hütte zum Palast.*

Am Tisch saß eine schmale, hübsche Frau, die so gar nicht meinen Vorstellungen von einer armen Bauersfrau entsprach, vor einem Stapel Briefe. Sie war modischer angezogen als Kruso und hatte zu engen Jeans schmale Gummistiefel mit Blümchenmuster an. Dazu ein tailliertes Shirt, durch das sich der BH abzeichnete, und ein pinkes Tuch um den Kopf gewickelt, unter dem ein paar Löckchen herausguckten. Sie wirkte wie ein Fremdkörper in dieser urigen Küche.

»Oh, Besuch«, sagte sie freudig und kam auf mich zu. Dann sah sie Poppy. »Und gleich zu zweit.« Sie blickte in Krusos ernstes Gesicht und begriff sofort. »Klamm?«

»Ja. Der Hund hat ...«

»Ich hol die Kohletabletten ... und Atropin.« Sie eilte aus dem Raum.

»Woher weiß sie ...?« Ich nahm Poppy aus Krusos Armen, setzte mich auf einen Stuhl und legte sie auf meinem Schoß ab. Dieses Fellknäuel war ein Teil von mir, gehörte zu meinem Leben wie Leon. Meine Hände zitterten.

»Ist nicht das erste Mal«, sagte Kruso knapp. »Sie kennt sich damit inzwischen genauso gut aus wie eine Ärztin.«

»So.« Frau Rusowski holte eine Blechdose aus einer Tasche, legte sie auf dem Tisch ab und wühlte darin herum. »Hier.« Sie drückte zwei Kohletabletten aus einer Packung, schmierte etwas Leberwurst auf einen Finger, klebte die Tabletten hinein und schob Poppy den Finger in den Mund. Die sah mich an, als wolle sie sich eine Erlaubnis holen, und leckte den Finger dann willig ab. »Bestens.« Frau Rusowski wühlte wieder in der Dose und zog schließlich eine Ampulle und eine Spritze heraus. Ich legte sofort meine Arme schützend über Poppy.

»Soll sie leben oder sterben?« Frau Rusowski sah mich an, die Spritze in der Hand.

»Leben«, presste ich hervor. »Natürlich leben.«

»Eben.« Und zack, hatte sie Poppy die Spritze in ihr weiches Hinterteil gesteckt. Poppy zuckte kaum merklich, während ich immer hysterischer wurde.

»O mein Gott, Poppy!« Ich drückte sie an mich und zitterte wie verrückt. Die Tür flog auf. Ute. Leons Mutter.

»Avi, meine Süße.« Sie stürzte auf mich zu und umarmte mich. »Ich hab es gerade gehört.« Dann sah sie Frau Rusowski, die noch die Spritze in der Hand hatte. »Ah, Sybill, zum Glück hast du alles da.« Sie klopfte auf ihre Tasche und lachte übertrieben. »Ich hab vorsichtshalber auch alles dabei.«

»Ist schon erledigt.« Die Frauen umarmten sich wie alte Freundinnen. Ich nahm es verblüfft zur Kenntnis.

»Ich ...« Ute blickte Sybill traurig an.

»Ich weiß«, sagte diese. »Du musst nichts sagen.« Sie zeigte auf eine bestickte Decke, die an der Wand hing: *Ein fröhlich Gesicht ist das beste Gericht.*

Ute lächelte traurig. »Ach, Sybill.«

Sybill lächelte zurück. Ich kapierte nichts. Was ging hier eigentlich vor? Kruso stand neben mir und legte eine Hand auf meine Schulter. Meinen fragenden Blick beantwortete er mit einem Lächeln. Waren die alle irre?

Leon kam herein. Endlich jemand, auf den ich mich verlassen konnte. Er blickte unsicher umher, bis er Poppy gefunden hatte. »Und? Wie geht's ihm?«

»Ich glaube, *ihr* geht's besser.« Poppy atmete regelmäßig und schien zu schlafen. Leon lächelte. Seine hellen Augen funkelten wie Sterne in dieser düsteren Küche. Und dann erloschen die Funken plötzlich, als sein Blick auf Krusos Hand fiel, die immer noch wie selbstverständlich auf meiner Schulter lag. Er sah mich fragend an.

»Zum Glück hat Kruso gleich geholfen«, sagte ich entschuldigend. Dabei gab es doch nichts zu entschuldigen. Es schien aber so, als wäre in diesem Moment ein Schatten über Leon gefallen, ein merkwürdig eisiger Schatten, der ihn in etwas unheimlich Fremdes tauchte.

»Wir bringen die beiden wohl besser nach Hause.« Ute strich mir über die freie Schulter. »Danke, dass du sofort zur Stelle warst.« Sie lächelte Kruso an, der endlich seine Hand herunternahm, als hätte er nur auf eine Ablösung gewartet.

»Nicht zum Tierarzt?« Ich strich Poppys Fell aus ihrem Gesicht. Sie hatte die Augen nur halb geöffnet, atmete aber ruhig und regelmäßig.

»Nein, nein«, sagte Ute, »ich geb dir noch was zur Weiterbehandlung. Sybill hat schon alles Nötige eingeleitet. Kann ich kurz euer Auto nehmen?«

»Sicher.« Die beiden waren so vertraut miteinander, dass ich überhaupt nicht verstand, warum Leon so über Rusowskis Hof lästerte und in der Schule kein Wort mit Kruso sprach.

Wir gingen alle nach draußen. Leon half den Frauen, das Auto auszuräumen, während Kruso für Poppy Decken in ein Körbchen legte. Da fiel mein Blick durch das Scheunentor auf den Rumpf eines Bootes und ich erinnerte mich plötzlich daran, dass ich ja einen Auftrag zu erfüllen hatte. Der Zeitpunkt war denkbar ungünstig, aber wann, wenn nicht jetzt? Am nächsten Tag sollte ich der Gruppe schon Bericht erstatten.

»Die Arche?«

»Ja.«

»Ich bin jetzt in der Gruppe, die diese Aktion in der Schule organisiert hat.« Er schwieg. »Wir haben eine coole Idee, etwas, das wirklich aufrütteln könnte.« Eine Krähe flog über uns hinweg und kreischte. Kruso blickte ihr nach. »Also, wir wollen *auswandern*, symbolisch, und ein Zeltdorf errichten, an einer Stelle, die später eine Insel werden wird ...« Nun blickte Kruso mich endlich an. »Hier.«

»Ja«, sagte er und lächelte.

»Ja?«

»Gute Idee.« Er nahm den Korb und stellte ihn auf die Rückbank des Autos.

»Alles einsteigen.« Ute hielt mir die Tür auf.

»Wann?« Kruso lief um den Wagen herum auf mich zu.

»Wegen der Vorbereitung.«

»Was für eine Vorbereitung?« Leon blickte uns abwechselnd an.

»Erklär ich dir später.« Ich tauchte im Wagen ab und legte Poppy ins Körbchen. »Sonntag in einer Woche.«

»Sonntag«, wiederholte Kruso. »Abgemacht.«

Und dann fuhren wir los.

»Warum willst du dich denn mit *dem* treffen? Wenn's um dein Referat geht, kannst du auch mich fragen.« Leon war richtig aufgebracht und fauchte wie ein Löwe.

»Mit *dem*?«, mischte sich Ute ein. »*Der* heißt Karl oder eben

Kruso, okay?« Sie klang auch gereizt. Leon warf sich genervt in die Lehne.

»Darum geht es gar nicht«, wand ich mich heraus. »Das Referat ist ja schon am Montag.«

»Worum dann?«

Ich beugte mich über Poppy. »Ist ja gut, meine Süße.« Ich musste Zeit schinden. Vor Ute wollte ich auf keinen Fall darüber reden. Sie würde sofort meine Eltern informieren. Und die wären ganz und gar nicht begeistert von der Aktion und würden mir bestimmt verbieten, zwei Wochen die Schule zu *schwänzen*. Leon drehte sich zu mir um. Getrübter Horizont in seinem Blick. Ich zog verschwörerisch die Augenbrauen hoch. Er nickte. Zum Glück kannte er mich so gut und verstand sofort, worum es ging.

Erst als ich wieder zu Hause in meinem Zimmer war, allein mit Poppy, die noch immer zusammengerollt in Krusos Körbchen lag, kam eine Nachricht von Leon: *Und?*

Ich rief ihn gleich an. »Die Aktivisten aus unserer Schule wollen auf Krusos Acker ein Zeltdorf errichten, für zwei Wochen, um auf den steigenden Meeresspiegel aufmerksam zu machen. Bei zwei Grad Temperaturanstieg wäre das Plateau eine Insel.«

Leon lachte. »Nicht euer Ernst, oder?« Ich schwieg. Leons Lachen verebbte. »Und du vermittelst?«

»Ja«, sagte ich bestimmt. »Aber ich mache auch mit.«

»Was? Das erlaubt die Schule niemals.«

Natürlich würde sie es nicht erlauben, aber ich hatte keine Wahl. Sollte ich lieber Psycho-Pillen schlucken, um nicht zu verzweifeln? Das Protestcamp war meine Therapie und ein kleiner Beitrag zur Rettung der Welt. So sah es aus. Und es bestand auch immerhin die Hoffnung, dass wir etwas bewirken würden.

»Nein«, sagte Leon, als er verstand, dass ich es ernst meinte. Und es klang so enttäuscht, als hätte ich gerade unsere Freundschaft aufgekündigt.

»Doch. Und ich hoffe, du machst auch mit.« Ich wusste schon, dass er Nein sagen würde, aber ich wollte ihm wenigstens zeigen, dass ich ihn dabeihaben wollte.

Leon lachte. Aber diesmal klang es kühl und fremd. »Jetzt hab ich extra dieses blöde Referatsthema genommen, damit du dich da nicht weiter reinsteigerst, und was machst du?« Er wurde immer ärgerlicher. »Willst bei dem Assi zelten. Ich glaub es nicht.«

»Kruso ist alles andere als ein Assi. Wenn du so über ihn sprichst, bist du der Assi!«

Leon war weg, hatte einfach das Gespräch beendet. Ich starrte fassungslos in seine wasserblauen Augen, die mich von meinem Display aus anstrahlten. Verdammt. Ich dachte an das Deckchen in Krusos Küche: *Wenn du im Herzen Frieden hast, wird dir die Hütte zum Palast.* Meine *Hütte* dagegen war nun auch noch einsturzgefährdet.

10

Das ganze Wochenende über arbeitete ich an meinem Referat. Ich recherchierte im Internet und sah mir Dokus an. Leon fragte ich nicht mehr. Der sollte ruhig ein wenig schmoren nach seiner Entgleisung. Montag würde sich das sicher wieder einrenken. So war es bisher immer gewesen, wenn wir Stress gehabt hatten, und das kam fast nie vor.

Nur Alice rief mich an, und zwar ausgerechnet, als ich mit meinen Eltern am Tisch saß.

»Hi, Ava. Gibt's schon was Neues?«

»Hm«, murmelte ich und stand auf. »Es klappt.«

»Jaaaaa!«, schrie Alice so laut, dass es sogar meine Eltern hörten. Ich sah sie entschuldigend an und ging hinaus auf den Flur. »Das ist ja der Hammer.«

»Kruso ist im Grunde einer von uns. Ich weiß aber nicht, ob seine Eltern mitziehen. Er hat sie gar nicht gefragt, glaube ich.«

»Okay, das muss noch geklärt werden. Der Chef der Anlage sollte schon zustimmen, sonst kann es sehr unbequem werden. Das hatten wir mal bei einer Baumbesetzung in einem privaten Park. Der Eigentümer hat einfach die Polizei geholt, ohne überhaupt mit uns zu reden.«

»Ich kümmere mich darum … Sag mal, du kennst dich doch gut aus im Agrarbereich, oder?«

»Ich denke schon.«

»Kann ich dich nach dem Essen noch mal anrufen? Ich halte morgen ein Referat darüber.«

»Klar.«

»Super. Und morgen frag ich Kruso in der Schule, ob seine Eltern die Aktion absegnen, und sag dir dann definitiv Bescheid.«

»Geht klar. Toll, dass du dabei bist, Ava.«

»Ja, finde ich auch.« Es klang sicher nicht überzeugend, ich sprach zögerlich und sehr leise. Der Wettlauf gegen den steigenden Meeresspiegel war auch ein Wettlauf gegen die Düsternis in meinem Inneren. Es war zwar ein Funken sprühendes Feuerchen darin entfacht worden, aber irgendetwas versuchte immer, es zu löschen. Leons *Wahrsagekugeln* fehlten mir, in denen meine Welt sich farbenfroh spiegelte, der Schock über Poppys Vergiftung nahm mich immer noch mit und die Geheimnisse, zu denen ich vor meinen Eltern gezwungen war, trübten den heimischen Himmel.

»Da hat sich aber jemand gefreut«, sagte Papa, als ich mich wieder an den Tisch setzte.

Ich strich Poppy durchs Fell, während sie ihre Schnauze an mein Bein drückte.

»Ja.«

»Schön, dass etwas *klappt*.« Mama und Papa sahen mich an. Normalerweise würde jetzt meine Erklärung folgen, was da *klappt*, aber ich schwieg und schob mir stattdessen einen Löffel Risotto in den Mund.

»Lecker.« Sie warteten. »Morgen halte ich mein Referat über die Landwirtschaft. Ausgerechnet ich. Dabei ist Leon doch eigentlich der Spezialist.« Mama und Papa sahen sich verschwörerisch an. »Sag mal, Avalina«, begann Papa zu säuseln, »Ute hat vorhin angerufen.« Er machte eine Pause. Ich sagte nichts. »Sie hat sich nach Poppy erkundigt.«

»Hm.«

»Und nach dir.« Ich blickte auf. »Ob es wahr sei.«

»Was?«

»Diese Zeltgeschichte, du weißt schon.«

Ich hätte im selben Moment losheulen können. Und zwar nicht, weil meine Eltern nun davon wussten und es Ärger geben würde, sondern weil Leon mich verraten hatte. Es krampfte mir die Brust zusammen vor lauter Herzweh.

»Und was, wenn?« Ich steckte so viel Provokation in diese drei Worte, dass meine Mutter schnell die Hand meines Vaters suchte wie einen Sicherheitsgriff.

»Dann würden wir es selbstverständlich nicht erlauben«, sagte mein Vater bestimmt, die Hand meiner Mutter fest in der seinen, den Blick über den Rand seiner Brille auf mich gerichtet. Ich musste kurz daran denken, wie Leon immer meine Hand gehalten hatte, wenn Ärger drohte, und wie ich mich dadurch sofort sicher fühlte.

»Aber euch ist schon klar, dass alles hier untergehen wird?« Ich sprang vom Stuhl auf. Poppy knurrte Papa an. »Alles! Dein geliebter Garten, Mama. Deine preisgekrönte Werkstatt, Papa. Die Schule. Omi ...«

»Omi ist tot.« Mama atmete.

»Eben. Der Friedhof ...«

Nun sprang auch Mama auf. »Ava, das ist doch Wahnsinn! Das passiert frühestens in hundert Jahren, wenn überhaupt. Es wird neue Erfindungen geben. Es wird ein Sperrwerk gebaut werden, höhere Deiche. Alles wird sich einrenken.«

»Ach ja, etwa wie bei der *großen Flut*, als Gulliver und

Liliput ertrunken sind?« Ich richtete meinen Blick auf Poppy, die mich mit großen Augen ansah, und mir kamen beinah die Tränen.

Mama ging auf mich zu, berührte mich am Arm. »Ava.« Sie sprach nun sanfter, wie mit einer Bekloppten, die nicht zurechnungsfähig war. »Was ihr da vorhabt, ist hysterisch. Zu was soll das führen?«

»Zum Schulverweis«, donnerte Papa los, »und zu einer saftigen Geldstrafe außerdem! Und wer soll die zahlen?«

»Na, ihr natürlich. Eure Generation ist schließlich größtenteils dafür verantwortlich.« Ich spürte Bärenkräfte in mir aufkeimen, die mit der Wut auf Leon zu einer giftigen Mischung anschwollen. Wegatmen würde ich die nicht.

Papas Gesicht bekam rote Flecken. »Unsere Generation ... also alle, ja? Ich hab damals schon gegen Atomkraft demonstriert und gegen das Wettrüsten. Und ohne uns gäbe es heute nicht so ein gutes Bildungssystem, von dem du nun profitierst!«

»Oh, danke Papa, dass ich tausend Dinge lernen muss, die man sich heute in zwei Sekunden aus dem Netz ziehen kann, aber fast nichts zum Umweltschutz, zur Nachhaltigkeit, zur Erweiterung der sozialen Kompetenz, dazu, wie man dieses kapitalistische Kacksystem durchschaut und wie man es überlebt ... Und egal, was ihr früher gemacht habt, es ist eure verdammte Pflicht, uns nun zu unterstützen und uns nicht aufzuhalten, wenn wir das Einzige tun, was in unserer Macht steht, nämlich laut und unbequem und konsequent zu sein. Ihr Erwachsenen kotzt mich an mit eurer Doppelmoral. Ihr futtert im Restaurant Quälfleisch, weil ihr halt gerade Bock drauf habt, setzt dann aber eure Unterschrift unter Petitionen gegen

Waldrodungen im Regenwald, wo das Futter für euer Fleisch angebaut wird. Gegen eine Ausbreitung von Viren fahrt ihr die Wirtschaft runter, aber für den Umweltschutz kaum. Ihr schickt im Winter Fotos von eurer Sonnenreise nach La Gomera an Freunde, freut euch über die *Fridays for Future*-Demos und staunt über Greta Thunberg und ihren Einsatz für die Welt – ernennt sie sogar zur Person des Jahres! –, unterstützt Greenpeace und den Naturschutzbund, rast aber mit eurem Benziner über die Autobahn, als gäbe es kein Morgen. Ihr schwärmt in meiner Gegenwart von der leckeren Lammkeule zu Ostern, obwohl ihr wisst, dass ich keine Tiere esse, und rollt genervt mit den Augen, weil ihr *extra* für mich kochen müsst, weil ihr nicht freudig von eurem Kurzurlaub in Lissabon berichten könnt, weil ich euch allein mit meiner Gegenwart darauf hinweise, dass ihr damit dem Klima schadet, bloß für euer privates kleines Glück. Was fällt euch eigentlich ein, mich zu belächeln, mich, die voraussichtlich die längste Lebenserwartung von uns hat und mit den ganzen beschissenen Folgen eurer Egoscheiße zu kämpfen haben wird? Ihr seid permanent dabei, meine Zukunft und die meiner ganzen Generation und aller folgenden zu zerstören, nur um easy-peasy bei 'ner schönen Flasche argentinischen Rotweins im südafrikanischen Nationalpark über euer Leben zu philosophieren und über Trump und Konsorten den Kopf zu schütteln, um dann am nächsten Tag aus einem Jeep heraus die letzten Nashörner zu bestaunen. Hallo? Ich bin euer Kind! Ist euch meine Zukunft so scheißegal?«

Stille.

Papa starrte mich an. In meiner inneren Düsternis loderte ein helles Feuer. Noch nie war ich so entschieden gewesen, so leidenschaftlich, so klar und überzeugt. Dieses wärmende Feuer würde ich mir nicht löschen lassen. Nicht, solange ich kämpfen konnte.

»Ich muss jetzt weitermachen«, sagte ich. »Morgen halte ich ein Referat, über Gift ... auf unseren Tellern, den Äckern, im Grundwasser und in den Köpfen der Klimawandelleugner. Und nichts darüber habe ich in der Schule gelernt.«

»Ava.« Papa nahm seine Brille ab. »Es ging uns hier noch nie so gut wie jetzt. Das sind doch alles nur Szenarien, die wahrscheinlich nie Realität werden.«

»Schon das *Wahrscheinlich* müsste dich stutzig machen. Papa, ein Großteil der Wissenschaftler, die an diesen von dir so geschätzten Instituten ausgebildet wurden, sind davon überzeugt, dass der Klimawandel schon bald dramatische Folgen haben wird. Da schwingt kein *Wahrscheinlich* mit. Die sind sich sicher, verstehst du? Wenn du Glück hast, bekommst du davon nicht mehr so viel mit. Aber ich, meine Generation und alle folgenden. Wenn mich nicht Pestizide dahinraffen, Epidemien, Hitzewellen oder tropische Insekten, die Krankheiten übertragen, die es hier nie gab, dann werde ich noch erleben, wie alles hier unter Wasser stehen wird. Sogar dein geliebter Picasso.« Ich klopfte gegen den Rahmen des Bildes, das neben dem Lesesessel an der Wand hing und auf dem eine Friedenstaube zu sehen war. »Und weißt du, was? Ich werde ihn nicht abhängen.«

Ich lief die Treppen zu meinem Zimmer im Dachgeschoss hoch. Poppy folgte mir. Zwischen den Dachschrägen baumelte eine Hängematte und meine Salzkristalllampe leuchtete im warmen Abendlicht. Poppy rollte sich in ihrem Körbchen zusammen, das neben meinem Bett stand. Es war mein kleines Reich. Ich hatte sogar ein eigenes Bad hier oben. Der Blick aus dem Fenster reichte bis zu Krusos Hügel hinüber. Gerade ging die Sonne unter und setzte den Bäumen leuchtende Kronen auf. *Meine Welt*, dachte ich, *meine schöne Welt*. Ich beugte mich über Poppy und streichelte sie.

»Ava?« Mama klopfte an die Tür.

»Hm.«

Sie kam herein und ging mit ausgebreiteten Armen auf mich zu, wie man auf ein lauerndes Tier zuging, das man fangen wollte. »Wir lieben dich doch.« Okay, Mamas Methode. Ich wich einen Schritt zurück. »Du weißt ja, wie Papa ist. Er macht sich einfach Sorgen um dich. Wir verstehen, dass du Angst hast, aber es bringt nichts, sich da so reinzusteigern. Es kann doch auch noch alles gut werden.«

Ich stöhnte auf. »Genau, Mama. Und dann sitze ich da, ohne Schulabschluss, verlaust und dreckig, ohne Perspektive, dumm wie Stroh und düster wie die Nacht. Stimmt's? Und dann geht es euch Armen schlecht. Dann müsst ihr euch für eure Tochter schämen, die ihr Leben weggeworfen hat, weil sie einem falschen Propheten glaubte. Dagegen ist der Untergang des Planeten natürlich ein Scheißdreck. Tut mir wirklich leid, dass ich euch so enttäuschen muss. ABER ...« Ich zog die Referatskarten aus einer Mappe, die auf meinem Nachttisch lag, und wedelte damit vor ihren Augen herum. »Aber wenn niemand anfängt, etwas zu ändern, dann geht eh alles den Bach runter. Wenn ich nichts tue, dann werde ich morgens in den Spiegel schauen und eine Verzweifelte sehen, die sich nicht nur machtlos, sondern auch schuldig fühlt. Wenn ich jetzt aber anfange, etwas zu tun, dann kann ich mir in die Augen sehen und wissen, dass ich alles versucht habe, was auch immer dabei herausgekommen ist. Und wenn ich so enden sollte wie in deinen schrecklichsten Visionen, wird doch ein wärmendes Licht in mir leuchten, weil ich frei sein werde.«

Ich war selbst so ergriffen von meiner Rede, dass mir Tränen über die Wangen liefen. Auch Mama war völlig aufgelöst und weinte. Wir umarmten uns lange, und ohne dass Mama noch etwas sagen musste, wusste ich, dass sie mich nicht mehr stoppen, sondern zu mir halten würde. Und ich musste mir eingestehen, dass mir das viel wichtiger war, als ich gedacht hatte. Die *Hütte* war zwar noch immer eine *Hütte* und kein *Palast*, denn Frieden war das in meinem Herzen noch lange nicht. Aber es war immerhin ein Anfang.

11

»Wenn ein Fisch im Aquarium krank ist, tauscht man sofort das Wasser aus.« Ich blendete einen Fisch auf dem Smartboard ein, der Blasen steigen ließ. »Immer mehr Menschen werden krank. Und Bäume und Tiere. Warum kümmern wir uns nicht endlich um die Luft, die uns umgibt? Wir *schwimmen* permanent im Feinstaub-, CO_2-, Stickoxiddunst herum und behandeln die Krankheiten in Krankenhäusern, anstatt uns um die Umwelt zu kümmern. Und ja, das kostet. In den 1960er-Jahren wurden noch 40 Prozent des Einkommens für Lebensmittel ausgegeben. Jetzt sind es nur noch 15 Prozent. Cool, denkt ihr, dann bleibt mehr Geld für Handys, Markenklamotten und Urlaubsreisen. Aber das geht leider auf Kosten der Luft, in der wir alle *schwimmen*. Denn die konventionelle Landwirtschaft ist weltweit für ein Drittel der Treibhausemissionen verantwortlich. Da werden haufenweise Stickstoffdünger und Pestizide auf den Acker gekippt, damit die Erträge höher sind. Und die gehen zu einem Großteil ans Vieh, und zwar als Futter, damit immer genug Fleisch auf den Tellern ist. 59 Prozent des Landes in Europa wird zum Anbau von Tierfutter genutzt. Das ist doch Wahnsinn!«

Ich hatte mir Gummistiefel angezogen, die Haare mit einem Tuch umwickelt, wie Krusos Mutter, und trug ein Shirt, zu dem mich Yoda inspiriert hatte, mit der Aufschrift: *Tu es oder tu es nicht. Es gibt kein Versuchen. Meister Yoda.* In meinem

Herzen steckte ein Stachel. Leon hatte mich ignoriert, sich wortlos an mir vorbei in den Klassenraum geschlichen und mit Ben ein prolliges Gespräch über Fußball angefangen. Ich war an seinen Tisch getreten, die Friedenspfeife im Sinn, hatte ihn angelächelt als eindeutiges Angebot. Ben nickte ihm zu, zeigte auf mich, wies ihm den Weg. Aber Leon reagierte nicht, palaverte über einen verschossenen Elfmeter und strich sich die gewachsten Haare hinter die Ohren. Er hätte den Stachel so einfach ziehen können. Mit einem einzigen Blick in seine Augen wäre ich dahingeschmolzen und hätte ihm alles geglaubt und alles verziehen. Aber dann legte mir Kruso auch noch beseelt lächelnd etwas in die Hand, gerade als Leons Blick ihn streifte, und ich konnte fühlen, wie seine Welt sich vor mir verschloss wie ein Buch, das zugeklappt wurde. Ich hatte in Krusos Hand geschaut, auf einen Button wie den seinen, selbst gemacht und mit krakeliger Schrift. *Wir sind die Flut*, stand darauf.

»Für dich.« Kruso lächelte an mir vorbei aus dem Fenster.

»Danke.« Ich steckte ihn an mein Shirt. »Sag mal, sind deine Eltern eigentlich auch einverstanden mit der Zeltaktion?«

Er sah mich an. »Ich habe doch schon zugesagt.«

»Und deine Eltern wissen davon?«

Er erwiderte nichts, schaute aus dem Fenster, kniff die Lippen zusammen, bis Frau Liebscher hereinkam und er schnell zu seinem Platz huschte. Und so hatte ich das Referat begonnen, ohne Antwort von Kruso, ohne einen Blick in Leons Augen, mit dem Stachel im Herzen und einem lodernden Wutfeuer, das Funken schlug. Ich klickte in meiner Power-Point-Präsentation eine Folie weiter auf das nächste Bild: das Foto vom Gülle-Laster. Es hätte ein beliebiges Feld sein können. Das Wohnhaus der Rusowskis war nicht zu sehen und auch sonst nichts, was das Bild mit Kruso hätte in Verbindung bringen können.

»Da wird auf einen Maisacker Gülle aus den Niederlanden gekippt, die dort nicht ausgebracht werden darf, weil die holländischen Vorgaben strenger sind als unsere. So kommt der ganze Dreck auf deutsche Äcker und das Nitrat geht ins Grundwasser.« Ich warf einen entschuldigenden Blick in Krusos Richtung, der ausnahmsweise einmal voll bei der Sache war und mit großen runden Augen auf die Leinwand starrte. »Der Humusgehalt der Böden wird zerstört und zudem karrt auch noch ein dreckiger Laster die ganze Scheiße durchs Land und verpestet dabei die Luft.«

»Hey, das ist doch der Dreckshof von Krusos Familie!«, rief Ben dazwischen und mir entging nicht, dass Leon währenddessen still vor sich hin grinste. Sofort drehten sich alle zu Kruso um.

»Echt?«, fragte Lisa. »Hast du das selbst fotografiert?«

Ich blickte fassungslos in Leons Richtung, der sich wispernd zu Ben hinüberbeugte, und fühlte eine Woge der Enttäuschung durch mich hindurchfegen. »Ja, ein *Freund* hat mir alles erklärt«, sagte ich scharf. Leon ließ sich nichts anmerken. Ich schielte wieder zu Kruso, der ganz blass geworden war. »Aber das machen ja viele Bauern so, um etwas dazuzuverdienen oder weil sie selbst kein Vieh haben«, versuchte ich den Shitstorm noch aufzuhalten. »Das ist eben gerade das Problem. Über zwei Millionen Tonnen Gülle werden jedes Jahr aus Holland exportiert. Wir sind der größte Abnehmer. Stellt euch das mal vor! Und dabei produzieren wir in Deutschland schon mehr als genug davon.«

»Ausgerechnet die Rusowskis. Scheiße aus Holland.« Ben lachte. Ein paar Jungs aus der hinteren Reihe fielen mit ein.

»Ben.« Frau Liebscher stand auf und drehte sich zu ihm um. »Melde dich bitte, wenn du etwas zu sagen hast. Und melde dich auch *nur*, wenn du *wirklich* etwas zu sagen hast.« Sie blickte wieder zu mir.

»Das könnte man ja ändern«, versuchte ich, den Faden wieder aufzunehmen. »Wenn die Preise für Fleisch und Milch steigen würden, könnten die Bauern die Menge ihrer Tiere reduzieren und trotzdem genug verdienen. Es gibt inzwischen auch eine Reihe Maschinen und Roboter, die das Land genau berechnen können und dann nur so viel Dünger und Pestizide ausbringen, wie tatsächlich nötig sind. Das nennt sich Smart Farming oder Landwirtschaft 4.0.«

»Gibt's da auch ein Computerspiel oder eine App von?« David streckte seine Hand in die Höhe, während er sprach.

»Klingt verdammt teuer.« Jonas sah zu Kruso.

»Und ist verdammt umstritten.« Kruso wandte sich direkt an Frau Liebscher, während er sprach. »Die Vielfalt des Ökosystems leidet. Die Landwirte werden noch abhängiger und die monströsen Maschinen ...«

»Aha.« Ben fiel ihm ins Wort. »So kann man das auch nennen, wenn's zu teuer ist«, höhnte er, »*umstritten* also.«

»Genau«, lachte Besat. »Woher soll der Dreckshof das Geld denn nehmen, wenn nicht stehlen?« Die letzte Reihe lachte geschlossen. Ich blickte zu Leon, der auf seiner Unterlippe kaute und offensichtlich nicht vorhatte, sich zu äußern.

»Besat!« Frau Liebscher holte gerade tief Luft, als ich vorpreschte.

»Also, was die Finanzierung angeht, hätte ich schon eine

Idee.« Ich sah Leon weiter an und plötzlich kam Leben in ihn. Er rutschte unruhig auf seinem Stuhl herum. »Der Nachbarhof«, ich nickte in seine Richtung, »hat diese Maschinen schon im Einsatz. Man könnte sich wunderbar zusammentun und sie gemeinsam nutzen.«

Leon riss die Augen auf.

Ben zwinkerte ihm belustigt zu. »Hey Leon, wie findest du denn Avas Idee?« Wieder lachten seine Fans aus der letzten Reihe.

»Ich ... also mein Vater ...« Er stockte.

Besat, der hinter ihm saß, schlug sich auf die Schenkel. »Ja, der Vater wird begeistert sein. Die *monströsen Maschinen* kann er dann abschreiben. Die sieht er nie wieder. Wenn sie nicht sogar in der holländischen Scheiße stecken bleiben.«

»Besat!«, donnerte Frau Liebscher nun los. »Das geht zu weit. Du entschuldigst dich sofort!«

Kruso stand auf. Alle verstummten und sahen ihn an. Aber er packte nur seelenruhig seine Hefte ein, sagte Frau Liebscher, er fühle sich nicht gut, und ging hinaus. Er warf die Tür nicht einmal zu. Er ließ sie so leise ins Schloss gleiten, als ob er aus dem Zimmer eines schlafenden Babys schlüpfte, so lautlos, als wäre er gar nicht da gewesen.

»Verdammt, Besat. Du bist echt ein Arsch.« Ich fühlte mich mies. Alles war aus dem Ruder gelaufen.

»Jetzt reicht es aber!« Frau Liebscher warf eine Mappe auf ihr Pult. »Die Referate dürfen gern aufrütteln, aber es sollte niemand damit gemobbt werden. Ava, die Recherche in allen Ehren, aber es wäre besser gewesen, einen anderen Hof ins Visier zu nehmen und nicht gerade den eines Mitschülers. Außerdem scheint Karl nicht so viel von der Idee zu halten.

Du hättest ihn zumindest vorher fragen können. Und Besat, das war ein Paradebeispiel für atmosphärische Luftverschmutzung. Bitte kümmere dich darum, die Luft in unserem Raum wieder zu *reinigen*.«

»Ich? Warum?«

»Damit hier niemand krank wird. Karl freut sich sicher über deine Entschuldigung.« Sie blickte über den Rand ihrer Brille.

Besat warf genervt einen Arm in die Luft. »Und warum nicht Ava? Die hat doch in seiner Gülle rumgeschnüffelt.« Er grinste über den ungeplanten Witz.

»Ava«, Frau Liebscher wandte sich mir zu, »wusste Karl von dem Foto?«

»Er war anwesend«, sagte ich knapp. »Ich war noch gar nicht fertig mit dem Referat. Kann ich …?« Ich hielt meine Karten in die Höhe.

»Also gut.« Frau Liebscher setzte sich. »Aber ihr klärt das.« Sie blickte abwechselnd Besat und mich an.

Ich sah schnell auf meine Notizen. »Also. Das Beste für die Böden ist natürlich die ökologische Landwirtschaft.« Ein paar Schüler stöhnten auf. »Da werden überhaupt keine künstlichen Dünger und Pestizide verwendet. Viele Landwirte sind schon so abhängig von der Industrie, den Subventionen und Chemikalien, müssen immer mehr investieren, sich vergrößern und düngen, düngen, düngen … die kommen da überhaupt nicht mehr raus. Wahrscheinlich wächst irgendwann gar nichts mehr auf den verseuchten Böden. Und dann?«

Die Fakten, mit denen mich Alice am Vorabend noch telefonisch gefüttert hatte, waren so schockierend, dass ich die halbe Nacht nicht schlafen konnte, vollgepumpt mit Adrenalin, in Angstschweiß gebadet, fassungslos. Im Raum war es unheimlich still. Sally und Mariana starrten mich an, als hätte ich ein Todesurteil über sie gesprochen. Ich wagte einen Blick zu Leon und es trieb den Stachel tiefer in mein Herz hinein, als ich den angewiderten, tief verletzten Ausdruck in seinen Augen sah. Kaum merklich schüttelte er den Kopf.

»Mein lieber Scholli«, sagte Frau Liebscher. »Das sind aber düstere Prognosen.« Sie sah zu Leon, der immer noch den Kopf hin und her schwenkte. »Also, jetzt müsste man das natürlich im Einzelnen überprüfen.« Sie blickte auf die Leinwand, wo immer noch das Foto vom holländischen Gülle-Lkw zu sehen war. »Und ich bin sicher, vonseiten einiger Landwirte käme da bestimmt Einspruch.« Sie hielt einen Moment inne, schien auf einen Beitrag von Leon zu warten, der auf seiner Tischplatte eine Papierkugel hin und her schob. Ben meldete sich. »Ja, Ben?«

»Das ist doch alles völlig übertrieben, richtiges Bauernbashing.« Er wandte sich an mich. »Da hat dir wohl ein Öko-Apostel die zehn Gebote der Baumknutscher gepredigt und du bist voll drauf reingefallen.« Die letzte Reihe lachte. »Erstes Gebot: Chemie ist immer scheiße. Zweites Gebot: Technologie ist sowieso scheiße. Drittes Gebot: Der Weltuntergang naht. Du musst ihn aufhalten. Viertes Gebot: …«

»Okay, Ben, das reicht. Bitte nur ernsthafte Beiträge.« Frau Liebscher seufzte. »Also, Ava, ich finde deinen Vortrag sehr mutig und du hast auch bestimmt viel recherchiert. Aber dass du damit polarisierst und vielleicht jemanden verletzt, ist auch klar. Das gehört zu gewagten Thesen dazu. Daher ist es sehr wichtig, und das gilt selbstverständlich für euch alle, dass ihr gut recherchiert, bevor ihr mit Behauptungen an die Öffentlichkeit tretet, die andere gegen euch aufbringen könnten.«

»Ava hat ja jetzt einen direkten Draht zur Aktivistenszene.« Leon. Er blickte mich feindselig an.

»Das ist erst mal nichts Schlechtes. Viele Aktivisten haben prominente Unterstützer, auch viele Wissenschaftler.«

»Und wenn dafür die Schule geschwänzt wird?«

Ich erkannte Leon nicht wieder. Woher kam plötzlich dieser ganze Hass?

»Wir bewegen uns jetzt ein bisschen weit weg von der Landwirtschaft, um die es ja gerade geht. Ava, bist du fertig mit deinem Referat?«

Ich blickte auf meine Karteikarten. Eine letzte hatte ich noch, mit einem gezeichneten Fisch.

»Nur eins noch, um auf das Aquarium zurückzukommen: Wir müssen uns um unsere Luft, unser Wasser, unsere Äcker kümmern. Das ist unsere einzige Chance. Und es gibt etwas, das allen Bereichen hilft und jeder von uns tun kann: den Konsum von Fleisch und Milchprodukten reduzieren!« Ich zeigte auf mein T-Shirt und blickte dabei beschwörend Leon an. *Tu es oder tu es nicht. Es gibt kein Versuchen. Meister Yoda.*

12

Kruso füllte Kartoffeln von einer Ladefläche in Säcke um. Er bemerkte mich erst, als ich direkt neben ihm stand.

»Hi.« Er lächelte. Das überraschte mich. Ich hatte damit gerechnet, dass er so ähnlich reagieren würde wie Leon. Mit vorwurfsvollen Blicken und eisigem Schweigen.

»Hi.« Das Bollwerk an Schutzvorrichtungen, das ich innerlich errichtet hatte, pulverisierte sich. Ich lächelte zurück, zutiefst erleichtert.

Kruso holte ein Paar Handschuhe aus dem Wagen und reichte sie mir. »Hältst du den Sack auf?«

»Klar.« Ich stellte das Körbchen ab, das er mir für Poppy geliehen hatte, zog die Handschuhe an und griff nach dem Sack. Er schaufelte weiter Kartoffeln hinein, was nun deutlich schneller ging. »Es tut mir leid, das mit dem Foto.«

»Ich weiß.« Ich war völlig verdutzt. War es damit schon erledigt? »Im Grunde hast du recht. Nur ist das alles nicht so einfach, wie du denkst.« Er band den Sack zu und gab mir einen neuen.

»Ava, schön, dich zu sehen.« Sybill kam aus dem Haus. Sie hatte diesmal ein anderes Tuch im Haar, weiß, mit kleinen Rosen darauf. Ein junger Mann folgte ihr, eine Steige voller Eier balancierend. Sybill reichte mir die Hand und ich schüttelte sie. »Das ist Ivko, unser Ältester.« Sie zeigte auf den jungen Mann, der mich nicht beachtete. »Und wie geht es Poppy?«

»Zum Glück wieder gut.«

»Ach, das freut mich. Ich hab gehört, du willst mit deinen Freunden hier ein Zeltlager aufschlagen.«

Ivko stellte die Steige mit den Eiern auf dem Rücksitz des Wagens ab.

»Ja. Besser gesagt ein Protestcamp.«

»Hast du dir das genau überlegt?« Aha, jetzt ging es los.

»Ja«, sagte ich mit fester Stimme.

Sybill lächelte. »Das ist wirklich sehr nobel von dir, Ava. Aber ich hoffe, du bekommst keinen Ärger mit deinen Eltern oder mit der Schule, wenn du so lange nicht zum Unterricht erscheinst.«

»Schlimmer als bei Kruso kann es ja nicht werden, oder?« Ich lachte, verstummte aber gleich wieder, als ich merkte, dass beide ernst wurden. Ivko hatte in seiner Bewegung innegehalten und blickte mich an. »Tut mir leid. Ich bin wohl eine Fettnapfkönigin.«

»Nein, Ava, das ist schon in Ordnung. Es ist nur so ...« Sybill sah Kruso an, der nickte. Dann legte sie liebevoll einen Arm um ihn. »Karl wird ohnehin auf dem Hof arbeiten. Aber du hast vielleicht vor zu studieren, oder?«

Rums! Mit einem lauten Krachen fiel die Tür des Wagens ins Schloss. Ivko warf seine Handschuhe auf den Boden und stampfte davon. Sybill und Kruso sahen sich an.

»Wobei es natürlich auch andere Wege gibt«, sagte Sybill sehr laut. Ivko warf einen Arm in die Höhe, als wollte er eine lästige Fliege vertreiben, drehte sich aber nicht um. Sybill seufzte. »Ivko wollte studieren.« Sie nahm mir den Sack aus der Hand. »Aber er hat so viel in der Schule gefehlt, weil er hier gebraucht wurde, dass er jetzt keinen Abschluss hat. Und außerdem können wir ihn hier nicht entbehren, verstehst du?« Ich fühlte mich unwohl. Ich wusste ja von Leon, dass Ivko sich scheinbar bei seinem Vater beworben hatte.

»Sie meint«, mischte sich Kruso ein, »wir können es uns nicht leisten, noch jemanden einzustellen.«

»Zurzeit«, fügte Sybill schnell hinzu. »Also, wann schlagt ihr das Zeltdorf auf?«

»Am Sonntag.«

»Gut. Wie viele seid ihr? Ich koche eine Suppe für alle.«

»Oh, das ist nicht nötig. Wir kommen schon zurecht.«

»Kommt gar nicht infrage. Das lasse ich mir nicht nehmen.«

»Aber wir werden mindestens 15 sein.«

»Kein Problem. Ich habe früher oft für zehn und mehr gekocht, als wir noch ein paar Mitarbeiter hatten.«

»Und dein Vater?« Ich blickte Kruso an. »Ist es für ihn auch okay?« Kruso sah zu seiner Mutter. Sie lächelte. Aber es war ein Lächeln wie ein Vorhang, der etwas verdecken sollte.

»Mach dir keine Sorgen, Ava«, sagte sie mild. »Ich regle das schon.« Sie nahm einen Eimer mit Maiskörnern von der Ladefläche und verschwand hinter dem Haus, gefolgt von ein paar gackernden Hühnern.

»Ich muss dir noch was sagen.« Ich tippte auf Krusos Button, der an seinem Hemd hing. »Die Aktion soll einen Namen bekommen.« Er holte einen Apfel aus einer Steige, die auf dem Boden stand, und biss hinein. Dann spuckte er das abgebissene Teil aus und betrachtete die andere Hälfte, die er noch in der Hand hielt. »Ich hab *Wir sind die Flut* vorgeschlagen. Ich hoffe, das ist okay für dich.«

Er blickte mich an. »Das hast du wirklich getan?« Er lächelte.

»Toll.« Er warf die Apfelhälfte weg. »Ich könnte euch ein Plakat zeichnen.«

»Hm, ich frag mal Alice.« Sollte er das Plakat so zeichnen wie den Button, dann würde man wohl eher an einen Kindergeburtstag denken als an eine Demonstration. »Aber danke. Ist nett von dir.«

Er zog einen Handschuh aus und fuhr sich durch das strubbelige Haar. An der einen Schläfe war eine Narbe, ein langer Strich, um den sich die Haut aufwölbte.

»Was ist denn da passiert?«

Kruso schob sofort eine Locke über die Stelle. »Ach nichts.« Er blickte in die Richtung, in die Ivko verschwunden war. »Ist 'ne lange Geschichte.«

»Ich hab Zeit.«

»Muss weitermachen. Morgen ist Markt.« Er zog den Handschuh an und schaufelte weiter Kartoffeln in einen Sack, der schon recht gut gefüllt war. »Ava«, er sah noch mal auf, »bitte erzähl nichts von dem Boot, ja? In der Schule halten mich eh schon alle für verrückt. Und es gibt so ein paar Typen, die … na ja, die suchen nach Gelegenheiten, um sich mal abzureagieren.« Er blickte zum Haus und seine Augen schienen sich in der Unschärfe zu verlieren. »Und ich werde hier gebraucht. Hast du ja gehört.«

»Klar. Kannst dich auf mich verlassen.« Ein paar Kartoffeln kullerten aus dem Sack. Ich bückte mich und hob sie auf. »Bis morgen dann.«

»Wie gesagt: Morgen ist Markt.«

13

Kruso kam also nicht in die Schule. Und Leon zog die frostige Nummer weiter durch und würdigte mich keines Blickes. Ich ahnte, dass mehr dahinterstecken musste als dieser blöde kleine Kackstreit. Es ging hier immerhin um unsere Freundschaft, die wir schon mit allem besiegelt hatten, was man sich so vorstellen konnte: Blut, Wein, Schnaps, sogar mit einem Kuss. Das war aber noch vor der Zeit gewesen, in der es mich nervös gemacht hätte. Und nun diese eisige Kälte, die sich mit dem drohenden Untergang meiner Heimat zu einem beängstigenden Cocktail vermischte, der mich fast umhaute.

Leon wurde aufgerufen. Sein Referat. Er stellte sich auffällig lustlos vor die Klasse und betete seine vorgefertigten Sätze herunter wie ein Nachrichtensprecher, ohne dabei auch nur eine Miene zu verziehen. Deutschland sparte er komplett aus, sprach von Tuvalu und Bangladesch, die vom steigenden Meeresspiegel besonders betroffen sein würden. Emotionen? Fehlanzeige. Kalt wie ein toter Fisch erwähnte er nebenbei, wie viele Menschen, laut *Wissenschaft* – das Wort betonte er wie etwas, an dessen Existenz er zweifelte –, *in ferner Zukunft* ihr Zuhause aufgeben müssten, wenn der Prozess nicht aufgehalten werden würde. Aber – und dieses *Aber* schien das wichtigste Wort in seinem ganzen Vortrag –, aber Folgendes sei die wahrscheinlichere Variante: Und dann sprach er sehr viel länger über mögliche Rettungsszenarien, von denen ich noch nie etwas gehört hatte, als über die Auswirkungen des erwiesenen Meeresspiegelanstiegs. Zuletzt blendete er das Bild von der Postkarte ein, die er von Frau Liebscher bekommen hatte. Die untergehende Insel.

»Dies ist ein bearbeitetes Foto, nicht die Realität. Klimaveränderungen gab es schon immer. Es gab Eiszeiten und besonders warme Perioden. Und es gab auch schon immer Weltuntergangsprophezeiungen. Jetzt sollen plötzlich mehrere Milliarden ausgegeben werden, um einen Weltuntergang zu verhindern, den sich wahrscheinlich ein paar Verschwörungstheoretiker ausgedacht haben, um der Wirtschaft zu schaden. Oder waren es vielleicht Veganer, militante Radfahrer, Windradhersteller?« Plötzlich blickte er mich direkt an. »Oder vielleicht wirtschaftlich schwache Bauern, die um ihre Existenz fürchten und auf neue Subventionen hoffen?« Das saß. Wäre Kruso da gewesen, hätte er sicher auch ihn anvisiert. Mit diesem eisigen Blick, der mir so unglaublich fremd war. Was hatte ich ihm nur getan? Aber dann, je länger er mich ansah, desto brüchiger wurde das Eis, und für einen kurzen Moment blitzte sie durch, diese Zartheit und Verletzlichkeit, die verriet, dass alles andere nur eine Art Verkleidung war, eine düstere Show.

»Ich bin überrascht.« Frau Liebscher rang nach Worten. »Leon, wo hast du dich denn informiert?« Er zuckte mit den Schultern. »Wenn du mir die schriftliche Ausarbeitung gibst, dann füge doch bitte auch die Quellen an, ja? Aber jetzt öffne ich erst mal den Raum für Fragen oder Reaktionen. Da kommt sicher einiges.« Sie musterte uns der Reihe nach.

Maya meldete sich. »Diese Argumente der Klimawandelleugner – und zu denen zähle ich dich nun überraschenderweise – sind doch alle längst widerlegt. Und es gibt jetzt schon viele Asylanträge von Klimaflüchtlingen, die ihr Land verlassen wollen. Ich habe einen Film über Tuvalu gesehen. Da fallen die Palmen am Strand um, weil der Boden weggespült wird. Das ist Fakt, Leon. Ich kann nicht fassen, dass du so einen ... na, du weißt schon, erzählst.«

David meldete sich. »Hey, du gehst doch auch zu diesen *Fridays for Future*-Demos. Wie geht 'n das zusammen?«

Jana quatschte dazwischen. »Das mit den armen Bauern ... hm, Leon. Stinkt nach falscher Gülle, kann das sein? Ich denke da an einen gewissen Nachbarhof von einem gewissen Mitschüler, der heute mal wieder nicht da ist.« Sie blickte zu Krusos leerem Stuhl.

»Ich hab seriös recherchiert«, verteidigte sich Leon kraftlos. »Sie kriegen Ihre Quellen, Frau Liebscher.« Er ging zögerlich zu seinem Platz zurück und ließ sich auf den Stuhl fallen.

»Was is 'n mit dem los?« David beugte sich zu mir nach vorn. »Habt ihr 'n Battle am Start?«

Ich meldete mich. »Ihr kennt doch sicher die Bilder vom schmelzenden Grönlandeis?« Ich wandte mich an die Klasse und vermied es dabei, Leon anzusehen. »Und von den Gletschern in den Alpen? Oder in der Arktis? Wo soll denn das ganze Wasser bitte schön bleiben? Sollen wir es in Eimerchen füllen und in die Sahara karren? Tuvalu geht unter. Venedig geht unter. Halb Holland wird untergehen. Und unsere Heimat auch.« Nun starrte ich doch Leon an. Irgendwo musste ich mit meiner Verzweiflung ja hin. »Verdammt, Leon. Das ist doch nicht dein Ernst, oder?«

Er hob beide Hände in die Höhe. »Hey, ich hab gesagt, was ich sagen wollte. Glaubt es oder glaubt es nicht.«

»Würdest du dann auch die AfD wählen? Hört sich ja so an, als hättest du dir das Referat von der Partei diktieren lassen.« Lela, von der ich so ein Statement nicht erwartet hätte.

»Sind wir 'ne Demokratie, oder was?« Leon bäumte sich auf wie ein angeschossenes Tier, das noch einmal alle Kräfte mobilisierte. »Ich kann doch wohl meine Meinung äußern, ohne dass ihr mich gleich in die AfD-Ecke stellt.«

»Okay.« Frau Liebscher wedelte mit einem Lineal durch die Luft. »Da muss ich Leon beipflichten, Lela. Was er wählen würde, ist hier nicht von Belang. Da bewegst du dich auf dünnem Eis, sozusagen.«

»Ja!«, brüllte Ben. »Und das schmilzt schneller, als du glaubst.« Er lachte, erntete dafür aber nur strafende Blicke.

»Dass unsere Klimawoche die Gemüter erhitzen würde, habe ich mir gedacht. Aber das Thema scheint sogar in der Klassenatmosphäre einen *Klimawandel* auszulösen. Daran könnt ihr vielleicht nachvollziehen, was sich da im Großen in den Gemütern überall auf der Welt tut. Für manche geht es ums Überleben«, sie blickte mich an, »während andere um ihren Wohlstand fürchten, wenn sie auf etwas verzichten sollen. Damit meine ich jetzt große Bevölkerungsschichten der sogenannten zivilisierten Welt.« Sie zeigte mit dem Lineal auf die obere Hälfte einer Weltkarte, die an der Wand hing. »Aber an was auch immer ihr glaubt, bitte achtet darauf, einander zu respektieren und nicht zu verurteilen. *Wahr ist, was uns verbindet*, hat der deutsche Philosoph Karl Jaspers mal gesagt. Ich finde, das Thema wäre einen Exkurs wert. Was verbindet uns?« Sie zeigte mit dem Lineal über unsere Köpfe. »Auf jeden Fall der Sauerstoff, den wir alle atmen ... Bitte findet bis zur nächsten Stunde weitere Antworten auf diese Frage.«

Das Aquarium, dachte ich. *Wir schwimmen alle im selben Aquarium.*

»Auf jeden Fall Mathe beim Kaiser. Da müssen wir alle gemeinsam durch.« Besat lachte.

»Denkt bitte konstruktiv«, ermahnte Frau Liebscher. »Lasst euch auf die Frage ein. Ich bin gespannt, was ihr findet.«

Was verband uns? Leon, Kruso und mich? Es musste doch etwas geben, außer der Tatsache, dass wir alle drei in dieselbe Klasse gingen und denselben Sauerstoff atmeten.

14

»Heißt du wirklich Yoda?«

»Nee, ursprünglich Tanja, dann Tilda. Aber Yoda ist mein Aktivistinnenname.«

»Warum?«

»Weise möcht ich sein.« Sie lachte. »Und vor allem bei der Polizei nicht mit meinem echten Namen auffallen. Ich bin nämlich kein unbeschriebenes Blatt, wie man so schön sagt. Und als Tilda bin ich noch in einer anderen Gruppe.«

»Uuuh, klingt gefährlich.«

Sie lachte und warf ihre Dreadlocks nach hinten. »Und du? Was hast du schon so verbrochen?«

»Hm. Ich würde sagen ... nichts. Ich bin im Grunde total langweilig.«

»Hey, muss man was Übles erlebt haben, um interessant zu sein? Ich hätte auch lieber darauf verzichtet, missbraucht zu werden. Also bitte.« Yodas Ehrlichkeit haute mich um. »Lass uns diese Aktion durchziehen. Das ist was Großes. Und wenn ich eins aus der schlimmen Sache gelernt habe, dann, dass wir etwas bewirken können. Also, nicht hadern du musst.«

Missbraucht? Es schockierte mich, wie leicht ihr das Wort über die Lippen kam. Wir saßen in Yodas Zimmer, mitten in Hamburgs Karoviertel, und ich fragte mich, was ihr um Gottes willen passiert war. Sie hatte meine Gedanken schon erraten, bevor ich die Frage formulieren konnte.

»Hör mal.« Sie sprach mit sanfter Stimme. »Ich habe auch gelernt, mich nicht unterkriegen zu lassen. Der Missbrauch gehört zu meinem Leben und Schweigen kommt für mich nicht mehr infrage. Die Verantwortlichen sitzen jetzt hinter Gittern. Das ändert zwar nichts an dem, was geschehen ist, aber ich lasse mich nicht länger zu seinem Opfer machen. Hier habe ich schon viel angeschoben. Und jetzt geht's ums Protestcamp. Also, warst du auf dem Hof?«

Ich brauchte einen Moment, um ihre Worte zu verdauen. Yoda erschien mir so viel mutiger als ich.

»Ja«, sagte ich schließlich. »Kruso und seine Mutter sind echt nett. Nur der Bruder macht mir etwas Sorgen, er wirkt total unzufrieden und aggressiv. Merkwürdig ist, dass der Vater nie erwähnt wird. Gesehen habe ich ihn auch noch nicht, da muss also irgendwas im Busch sein. Ich hoffe, es gibt keine Probleme.«

»Hm. Klingt nach Konfliktpotenzial.«

»Und dann auch noch der Nachbarhof von den Klamms. Ich kenne die Familie schon ewig und bin mit Leon, dem Sohn, befreundet. Aber der flippt gerade total aus und legt mir lauter Steine in den Weg. Von heute auf morgen macht er einen auf Klimawandelleugner. Ich versteh's einfach nicht.«

»Kein Auslöser?«

»Doch, aber so ein harmloser. Er hat irgendein Problem mit Kruso. Und jetzt beschäftige *ich* mich plötzlich mit ihm ...«

»Aha, hab ich's mir doch gedacht. Eifersucht. Der Klassiker.«

»Eifersucht? Nie im Leben. Erstens sind wir nur gute Freunde und zweitens kennt er mich lang genug, um zu wissen, dass ich von Kruso nichts will … außer eben, das Zeltdorf dort zu errichten.«

Yoda lachte schallend. »Ava, träum weiter. Man selbst merkt sowieso immer als Letztes, wer was von einem will. Ich hab die beiden noch nie in meinem Leben gesehen und weiß schon nach diesen paar Sätzen von dir, dass es hundertpro um Eifersucht geht. Wetten?«

Sie hielt mir die flache Hand hin.

»Lieber nicht.« Ich war verwirrt.

»Na gut, warten wir's ab.« Sie ließ die Hand wieder sinken. »Wir laufen da also am Sonntag auf, mit Sack und Pack, und dann sehen wir weiter. Kenyal ist auf jeden Fall mit im Boot.«

»Wer ist das eigentlich?«

»Kenyal?« Sie riss die Augen auf. »Nicht dein Ernst! Du kennst QUID PRO QUO nicht?«

Ich schüttelte den Kopf.

»Das ist sein YouTube-Kanal. Musst du dir unbedingt angucken.« Sie zog ihr Handy aus der Tasche. »Jede Woche kommt ein neues Video. Er lädt immer jemanden ein, der sich dafür eine Gegenleistung – QUID PRO QUO – von ihm wünschen darf. Das kann der nächste Gast sein oder auch irgendetwas anderes. Ich habe mir gewünscht, dass er über unsere Aktion berichtet. Und die Idee gefiel ihm so gut, dass er zugesagt hat, gleich eine ganze Woche mitzumachen. Genial, oder?«

Sie tippte auf das Display ihres Handys.

»Du warst schon bei ihm in der Sendung?«

»Genau.« Sie lehnte das Handy an eine Tasse auf dem Tisch und spielte ein Video ab. Man sah zwei große computeranimierte Hände, die sich schüttelten, dann die Wörter QUID PRO QUO, die nacheinander grell aufpoppten.

»Hey Leute«, sagte ein junger Typ mit grünen Fisselhaaren und einer Wollmütze, »cool, dass ihr reinschaut. Heute beehrt mich Tilda von den *Wounded Warriors*.«

Yoda alias Tilda saß auf einer Art Thron aus gepresstem Plastikmüll. Die Lehne war mit einer Rettungsweste gepolstert. »Hi Kenyal, echt super, dabei zu sein ...«

Ein Anruf stoppte das Video und Alice erschien auf dem Display.

»Hi Alice, ich stell auf Lautsprecher, ja? Ava ist bei mir.«

»Ja klar. Hallo Ava.«

»Hallo.«

»Da kann ich ja sofort zum Punkt kommen. Ein Herr Klamm hat sich bei mir gemeldet. Ihm gehört der Nachbarhof von den Rusowskis. Warum weiß er von unserer Aktion?«

Ich stöhnte auf. »Ich bin mit seinem Sohn gut befreundet ... oder war es zumindest. Ich konnte mich bisher immer auf ihn verlassen ...«

»Hm, okay. Du solltest die Info erst mal nicht weiterstreuen, ja? Es wäre effektiver, wenn wir kurz zuvor gezielte Ankündigungen machen ... Also, der Klamm will das Zeltdorf verhindern. Absurd. Er meint, es würde die Abläufe auf seinem Hof stören, wenn, wörtlich, *da überall Kiddies rumhüpfen, alles niedertrampeln und Müll auf die Felder werfen*. Was ist denn das für 'n Arsch?«

Ich mochte Konrad. Außerdem war er mein Patenonkel und immer wahnsinnig großzügig.

»Er ist eigentlich total nett.«

»Die Betonung liegt auf *eigentlich*, Ava. Sprich mal mit ihm und mach ihm klar, dass wir eine friedliche Gruppe sozialer

Wesen sind, die sich um den guten Mutterboden sorgen. Ich hab mal recherchiert. Der Klamm ist einer von den ganz großen Fischen. Der hat schon viele Höfe aufgekauft, plant eine Biogasanlage zur Profitmaximierung, für die er noch mehr Getreide anbauen will, und, jetzt kommt's, er ist sogar ein hohes Tier im Bauernverband.«

Konrad, ein hohes Tier? Ein großer Fisch? Für mich war er doch der nette Pferdeverleiher, Geschenkebringer, Komplimentemacher und Freudeverbreiter, einer, der so ziemlich alles richtig machte. Zu meinem 18. Geburtstag wollte er mir Ulysses schenken. Das hatte mir Leon mal verraten. Seitdem war der Wallach für mich schon ein Familienmitglied und ich besuchte ihn, so oft ich konnte, und striegelte ihn ausdauernd.

»Sprichst du mit ihm? Der könnte alles kaputt machen.«

»Ava?« Yoda tippte mich an.

Ich war verwirrt. »Bist du sicher? Ich kenne Konrad schon so lange ...«

»Ja, ich bin sehr sicher, Ava.«

»Kann nicht jemand anders ...?«

»Wenn du ihn schon so lange kennst und er dich gern mag, dann ist es umso besser, wenn *du* mit ihm sprichst. Melde dich danach, ja? Ciao und danke dir!«

Yoda streichelte mir über den Rücken, wie meine Mutter es manchmal machte. Diesmal tat es gut.

»Dein Freund, dieser ...«

»Leon.«

»Ja, Leon. Wie stehen die Chancen auf Versöhnung?«

»Weiß nicht. Ich erkenne ihn gar nicht wieder.«

»Es würde die Sache vereinfachen.«

Allerdings, dachte ich. Nicht nur *die Sache*.

15

Zwei Probleme auf einmal zu lösen überforderte mich. Ich wartete also, bis Leon beim Fußball war, und klopfte dann zaghaft an die Tür des Hauptgebäudes, an die ich noch nie *geklopft* hatte. Normalerweise ging ich hier ein und aus wie ein Familienmitglied. Als nichts passierte, ließ ich den schweren Eisenring, der statt einer Klingel an der Tür hing, auf das Holz schlagen. Ute öffnete.

»Ava? Warum kommst du nicht einfach rein?« Sie umarmte mich. »Leon ist gar nicht da.«

»Ich weiß.« Sie sah mich verwundert an. »Ich muss kurz mit Konrad sprechen.«

»Du klingst ja fürchterlich offiziell.«

»Hm. Ist auch *offiziell*.«

»Na, jetzt machst du mich aber neugierig.« Ich schwieg.

»Er müsste am Schreibtisch sitzen. Komm.« Sie schob mich vor sich her durch den langen Flur, in dem auch Fotos von mir hingen, und öffnete die Tür zu Konrads Büro, in das ich mich vor vielen Jahren einmal mit Leon geschlichen hatte, um heimlich nach den Weihnachtsgeschenken zu suchen, die dort immer versteckt worden waren. Kichernd hatten wir alle Schranktüren geöffnet, bis uns ein riesiger Karton entgegenstürzte und wir schreiend zur Seite gesprungen waren. Der Karton war mit einem irren Krach auf dem Boden aufgeschlagen und wir in Leons Zimmer gerast, in sein

Bett gesprungen und unter seiner Bettdecke in einen Lachanfall ausgebrochen. Seine Eltern hatten keine Silbe darüber verloren. Aber an Weihnachten hatten sie den Karton, in dem ein Snowboard war, lange im Nebenraum versteckt und erst hervorgeholt, als Leon alle kleineren Päckchen mit Büchern und einem Taschenrechner schon geöffnet hatte und mit steigender Verzweiflung mehrere Male um den Baum herumgegangen war. Jetzt war es eine ganz andere Aufregung, vor dieser Tür zu stehen, und der Gedanke an damals machte mich traurig.

»Schau mal, wer hier ist.« Ute schob mich in das Büro hinein. Konrad saß am Schreibtisch und telefonierte.

»Oh, ich bekomme gerade Besuch«, sagte er und winkte mich heran. »Ich melde mich später noch mal.« Er schlug eine Mappe zu und stand auf. »Ava, das ist ja eine Überraschung. Kommst du etwa zu mir?« Er umarmte mich, wie er es immer tat. Aber es war mir zum ersten Mal unangenehm.

»Ja.« Ich sah zu Ute, die sofort verstand.

»Okay, ich störe wohl. Na dann.« Sie winkte und ging hinaus.

»Was ist los?« Konrad stellte mir ein Glas hin und schenkte Wasser aus einer Karaffe ein.

»Es geht um das Zeltdorf.«

»Ach so«, Konrad lehnte sich zurück, »und ich dachte schon, es ginge um Leon. Der verhält sich nämlich gerade so merkwürdig.« Er musterte mich genau, aber ich bemühte mich, keine Regung zu zeigen, obwohl es mich natürlich brennend interessierte, was so merkwürdig an Leons Verhalten war. Aber ich hatte einen Auftrag.

»Nein, um die Aktion. Du bist dagegen?«

»Ja.« Er lachte wie jemand, der nicht glauben konnte, dass man ihn so etwas fragte. »Allerdings. Ist 'ne Schwachsinnsaktion.« Er lehnte sich halb über den Tisch. »Also, Ava, du willst dich doch nicht ernsthaft diesen Verrückten anschließen, oder? Was soll das bringen? Nur einen Haufen Ärger.«

»Mir ist es wichtig. Es muss sich endlich etwas tun, bevor hier alles unter Wasser steht.«

Und jetzt lachte er mich aus. »Dein Vater hat mir schon gesagt, dass du gerade etwas hysterisch bist.« Papa hatte mit ihm darüber geredet? »Hör mal, der Zeltquatsch ist mir egal. Das bemerkt eh kein Mensch und es bringt gar nichts, wenn da zehn Minderjährige auf dem Bauernhof campen. Aber zwei Wochen Schule schwänzen? Nein.«

Und plötzlich wurde mir klar, dass das Ganze ein abgekartetes Spiel war. Papa hatte ihn dazu angestiftet, damit er die Aktion verhinderte.

»Es geht dir gar nicht um den Hof?«

Konrad hob eine Hand und winkte ab. »Ach was. Das juckt doch hier keinen. Es geht um dich.« Er schob mir ein Bonbon über den Tisch zu und öffnete sich selbst eins.

»Um mich?« Jetzt brüllte ich es heraus. »Wenn es euch um mich gehen würde, dann würdet ihr mich unterstützen, verdammt!« Ich ging hinaus und knallte die Tür hinter mir zu. Ich ließ die verdutzte Ute stehen und rannte raus aus diesem Haus, das mein zweites Zuhause war und das ich immer als das perfektere empfunden hatte. Rums!

Meine Eltern waren zum Glück nicht da. Ich stürmte in mein Zimmer, raffte alles, was ich die nächsten zwei Wochen brauchen würde, in meinen Wanderrucksack, schnallte Isomatte,

Schlafsack und Poppys Napf davor und lief mit ihr und dem Demoschild unterm Arm die Straße hoch, Richtung S-Bahn. Meinen Eltern hatte ich eine kurze Nachricht auf den Küchentisch gelegt, an der sie sicher zu knabbern hatten.

Yoda ging nicht ans Handy, also hinterließ ich ihr eine Sprachnachricht: »Hi Yoda. Lief alles suboptimal. Hab schon meine Sachen gepackt. Kann ich zu dir kommen?«

Als ich gerade in die Bahn eingestiegen war, rief sie an. »Hey, ich kann heute leider gar nicht. Mist. Bin gerade in der City und betreue ein Sorgentelefon. Das geht bis Mitternacht.«

»Was für ein Sorgentelefon?«

»Für Betroffene wie mich … Soll ich meiner Mutter Bescheid sagen? Obwohl, viel besser: Geh doch schon mal zu Kruso. Wir kommen ja eh morgen alle.«

»Aber ich hab kein Zelt.«

»Ist da kein Platz im Haus? Oh, da kommt ein Anruf, ich muss Schluss machen. Bis morgen!«

Ich war schon in Billwerder-Moorfleet, als ich ausstieg und das Gleis wechselte, um auf die nächste Bahn zu warten. Ich war völlig allein mit Poppy. Ich überlegte, Maya anzurufen, aber dann googelte ich Krusos Hof und tippte auf die Nummer, die angezeigt wurde.

Ich war herzlich willkommen.

16

Poppy freute sich unbändig, Sybill zu sehen, und hüpfte schwanzwedelnd an ihr hoch.

»Zum Glück geht es ihr wieder gut.« Sybill wuschelte Poppy durchs Fell. Dann führte sie mich über den langen Flur zu einem Zimmer und öffnete eine Tür mit verschnörkeltem Messinggriff.

»Das ist unsere gute Stube. Fühl dich wie zu Hause.«

Sie war pompös eingerichtet, ganz anders als alle anderen Räume, mit goldener Zierleiste, einem Himmelbett, Röschengardinen, einem antiken Schminktisch mit ovalem Spiegel und einem Sofa, das mit Samt bezogen war. Über einer Kommode hing ein besticktes Deckchen: *Ein echter Freund ist Goldes wert*. Das Zimmer sah aus wie ein Ausstellungsraum – und roch auch so. Alle Gegenstände schienen wie aus einem Museum entliehen. Es fehlte nur die rote Kordel, die den Besuchern den Weg wies, und ein Schild auf dem Sofa mit dem Hinweis, dass Hinsetzen verboten war. Sybill öffnete das Fenster.

»Tut mir leid. Ist lange nicht gelüftet worden.« Sie blickte mich an, wie ich da unbeweglich im Raum stand und nicht wusste, wo ich meinen Rucksack und das Demoschild abstellen sollte. Beides wirkte völlig fehl am Platz.

»Das war das Zimmer meiner Schwiegermutter«, und etwas leiser fuhr sie fort, »oder besser gesagt, der *Queen Mum*.« Sie lachte herrlich frisch in diesen Lavendelmuff. »Ist seit ihrem Tod nicht mehr genutzt worden.«

»Wie lange ist sie denn schon tot?«

»Acht Jahre.«

»Aber ...«

»Jaja, ich weiß. Wenn es nach meinem Mann ginge, würde hier noch die Urne stehen und ein Altar, auf dem immer eine Kerze brennt.« Sie rollte mit den Augen.

»Ich kann doch hier unmöglich ...«

»Und ob du kannst.« Sie schob mich weiter in den Raum hinein und half mir, den Rucksack abzusetzen. »Ich bin froh, dass endlich mal jemand kommt und den Bann bricht.« Sie sah meinen verzweifelten Blick und legte mir eine Hand auf die Schulter. »Mach dir keine Gedanken. Mein Mann ist noch knapp eine Woche auf Kur. Bis dahin ist alles wieder hergerichtet ... Das passt.« Sie zeigte auf mein Demoschild, das nun an der Wand lehnte. *Sei du selbst die Veränderung, die du dir wünschst in dieser Welt.* »Das ist genau eine der Veränderungen, die ich in der Welt sehen will.« Sie lachte. »Dass das Leben zurückkehrt in dieses Museum.«

»Hi.« Kruso stand plötzlich hinter mir.

»Hallo.«

Er blickte ängstlich umher wie ein scheues Reh.

»Das geht in Ordnung.« Sybill nickte ihm zu. »Oder soll das alles ewig so weitergehen?« Er schüttelte den Kopf. »Na eben. Hier muss mal frischer Wind rein.« Sie hob das Kopfkissen an und warf es unordentlicher als zuvor wieder aufs Bett. Dann blickte sie uns abwechselnd an und schnalzte mit der Zunge. »Wisst ihr, was? Wir spielen Skat. Habt ihr Lust?« Kruso sah mich an, als wäre ihm das Ganze unendlich peinlich. Aber ich fand Sybill großartig. Sie war so lebendig und überraschend und einfach wahnsinnig herzlich.

»Ich kann leider kein Skat.«

»Na, umso besser. Dann bringen wir es dir bei!«

Und dann spielten wir bestimmt drei Stunden Skat, aßen selbst gebackene Buchweizenkekse, tranken selbst gemachten Apfelsaft und ich fühlte mich so gut wie seit Tagen nicht mehr. Auch Kruso taute auf, machte vorsichtige Witzchen, bluffte beim Spielen und lachte laut, wenn er dabei erwischt wurde. Nur als Ivko heimkam und düster grüßte, erstarb alles Leben für einen Augenblick. Er verzog sich allerdings gleich wieder und das Lachen kehrte zurück. Wir sprachen weder über ihn und seinen Vater noch über meine Eltern oder den Nachbarhof. Es war die Ruhe vor dem Sturm, ein letztes gnädiges Ignorieren aller Mühen und Ärgernisse, die uns bevorstanden.

Als ich gegen Mitternacht in das riesige knarzende Bett schlüpfte, in das Sybill sogar eine Wärmflasche gelegt hatte, blickte ich noch einmal aus dem Fenster auf ein Haus in der Ferne, in dem noch zwei Lichter hell leuchteten. Es war Leons Haus und eines der Lichter schien durch sein Fenster. Das andere musste in Konrads Büro brennen. *Ein echter Freund ist Goldes wert*, stand auf dem Deckchen an meiner Wand. Ich öffnete den Chatverlauf zwischen Leon und mir. Die letzte Nachricht war schon drei Tage alt.

Gute Nacht, du Trantüte, stand da.

Gute Nacht, du Tranbeutel.

Ich vermisse ihn so sehr.

Reden?, schrieb ich. Aber es blieb bei zwei grauen Häkchen. Das Licht in seinem Zimmer war immer noch an. Ich hinterließ eine Sprachnachricht: *Hey du, ich bin schon bei Kruso. Morgen geht's los. Überleg's dir bitte noch mal. Es wäre so schön, wenn du dabei wärst. Frau Liebscher wollte doch wissen, was uns verbindet. Also auf jeden Fall, dass wir alle gern hier leben und unsere Heimat erhalten wollen, oder? Wir brauchen dich, Leon.*

Nein, ich brauche dich, dachte ich, während ich zu seinem Fenster hinübersah. Das Licht war erloschen.

17

Wir saßen am Frühstückstisch, als Ute hereinwehte.

»Hallihallo.« Sie hatte einen Korb im Arm und eine Decke über der Schulter.

Ich hatte fantastisch geschlafen, war vom Zwitschern der Vögel aufgewacht und hatte mir von Sybill ein buntes Tuch um die schwarzen Haare wickeln lassen, *nach Art des Hauses*, wie sie lachend kommentierte. Von Düsternis war an diesem Morgen keine Spur und ich strahlte unschuldig in die Welt, bis ich bemerkte, wie Utes Mundwinkel erstarrten, als sie mich sah. Oh, oh, das war gar nicht gut.

»Ava, hier bist du!« Sie stellte den Korb ab und umarmte mich. »Deine Eltern verstehen die Welt nicht mehr.« Sie musterte Kruso, dann wieder mich. »Und ich ehrlich gesagt auch nicht.« Sie legte die Decke auf einen Stapel weiterer Decken, setzte sich neben mich und berührte prüfend mein Haarband. Sybill stellte ihr einen Kaffee hin, den sie sofort mit beiden Händen umfasste, als müsste sie sich daran wärmen. Dabei war es heiß wie lange nicht. »Du hättest wenigstens eine Nachricht hinterlassen können.«

»Hab ich doch.«

»Ja, dass du *woanders* übernachtest, wo man dich *versteht*.« Sie blickte Sybill an, genauer gesagt ihr Haarband, das heute gelb leuchtete wie die aufgehende Sonne.

»Und? Unterstützt Papa meine Pläne?«

»Diese Zeltaktion und das Schuleschwänzen? Natürlich nicht.«

»Eben.« Ich sah zu Sybill, von deren Heiterkeit ich mich wieder anstecken lassen wollte. Ute folgte meinem Blick.

»Ach so«, sagte sie. »Und hier ist das anders?«

»Ach, Ute«, Sybill strich ihr über den Arm, »die jungen Leute haben doch recht. Ihre Zukunft ...«

»Sag du mir nichts von Zukunft.« Utes Stimme schnellte in die Höhe wie eine Sirene. »Ihr habt ja auch nicht viel zu verlieren!« Sie verstummte, offensichtlich schockiert über sich selbst. Sybill zog ihre Hand ruckartig zurück. Kruso wurde weiß wie das Deckchen an der Wand hinter ihm. *Wenn du im Herzen Frieden hast, wird dir die Hütte zum Palast.* »Es tut mir leid.« Ute verbarg ihr Gesicht in den Händen. »Das war wirklich ... Es tut mir leid.« Und da fuhr Sybill ihre Hand wieder aus und streichelte erneut über Utes Arm, die nun leise schluchzte.

»Ich weiß«, sagte Sybill, »aber bei uns geht es um alles, das ist dir doch klar. In ein paar Tagen kommt er zurück. Bis dahin müssen wir eine Lösung gefunden haben.«

»Ich weiß, ich weiß.« Ute wischte sich Tränen aus dem Gesicht. »Ich bin ein bisschen durcheinander. Leon macht uns Sorgen, verbarrikadiert sich die meiste Zeit in seinem Zimmer oder motzt nur rum.« Sie warf einen schnellen Blick auf Kruso und mich. »Ich komme später wieder.« Sie zwang sich zu einem Lächeln. »Die Milch ist für euch.« Sie zeigte auf den Korb, den sie mitgebracht hatte. »Bis dann. Und, Ava«, sie kam ganz nah heran, »denk auch mal an deine Eltern, ja?« Dann ging sie.

Sybill stand auf und setzte sich direkt neben mich. »Ava, das

muss alles sehr verwirrend sein für dich.« *Allerdings*, dachte ich. »Deshalb solltest du wissen, was hier los ist.«
»Mama!« Kruso sprang auf.
»Doch, das sollte sie.« Kruso stöhnte, nahm seine Kaffeetasse und floh aus der Küche. »Also, Bruno, mein Mann, hat Probleme. Der Hof wirft nicht genug ab, Ivko will ihn so nicht übernehmen, der Papierkram wächst uns über den Kopf und die Dürre hat den Boden ausgelaugt. Dazu gibt es eine Anzeige von der Stadt wegen zu hoher Nitratwerte im Grundwasser. Konrad möchte den Hof kaufen und eine Biogasanlage draufstellen. Er hat ein gutes Angebot gemacht. Aber wir wollen hier nicht weg. Den Hof gibt es seit rund 450 Jahren. Brunos Eltern, Großeltern und viele Generationen davor haben ihn schon bewirtschaftet, und zwar genau so, wie er jetzt auch noch bewirtschaftet wird. Nur die Milchkühe haben wir bis auf ein paar wenige abgeschafft, weil der Milchpreis so gefallen ist, dass wir die Anzahl mindestens hätten verdoppeln müssen. Das wäre nur mit mehr Technik und weniger Tierwohl gegangen. Aber jetzt werden die Auflagen in der Landwirtschaft immer strenger, die Subventionen nur nach Hektar bezahlt und der Papierkram frisst viel mehr Zeit. Für kleine Familienbetriebe mit weniger Land wird es immer schwerer, kostendeckend zu arbeiten. Ivko hat viele tolle Ideen und würde gern auf Bio umstellen. Aber mein Mann möchte nichts ändern. Alles soll so bleiben, wie es ist und schon immer war. Damals war Landwirt noch ein angesehener Beruf. Aber heute ...« Sybills Blick wanderte aus dem Fenster. »Jetzt ist Bruno auf Kur. Aber wenn er zurückkommt, muss es irgendwie weitergehen, verstehst du?« Ich nickte. »Ach, Ava, wir bräuchten ein

kleines Wunder.« Sie lächelte. »Glaubst du an Wunder?«
Glaubte ich an Wunder?
Kruso öffnete die Tür. »Da ist eine.«
»Eine was?«
»Eine von euch.« Er zeigte auf mich. Ich stürmte sofort aus dem Haus.
»Alice!« Sie stand vor dem Eingang mit einem großen Rucksack und einem Topf, den sie zum Gruß schwenkte.
»Cool, du bist schon da. Lass uns gleich anfangen. Der Platz ist ja perfekt!« Und tatsächlich. Ich sah mich um. Der Platz war wie gemacht für unser Vorhaben. Es gab eine große Wiese, auf der ein alter Traktor stand, um dessen Räder sich Efeu schlängelte. Daneben eine Feuerstelle, einen Steinguttrog, in den es aus einem Wasserhahn tröpfelte, und vor allem diesen unfassbar schönen Blick in die Ebene. Die Felder, Wäldchen und Häuser in der Ferne waren in goldenes Licht getaucht. Das Dach der Schule und ein Kirchturm stachen heraus. Die Dove und Gose Elbe durchzogen wie blaue Bänder die Landschaft und im Vordergrund, am Rand der Wiese, leuchteten rote Mohnblumen wie frisch hingetupft. Ich atmete tief durch.

»Ist das schön«, schwärmte Alice. »Kaum auszuhalten, dass alles untergehen soll.« Sie blickte Kruso an, der plötzlich neben mir stand. »Als hätte ihr es geahnt.«

»War auch so.« Kruso zupfte an einer trockenen Maispflanze herum, die an der Hauswand lehnte. »Unsere Familie bewirtschaftet das Land hier schon seit 1571. Da gab es noch keine Dämme. War sozusagen natürlicher Hochwasserschutz.«

»Oh. Du bist sicher Kruso.« Alice hielt ihm die Hand hin.

Er schüttelte sie und nickte. »Super. Genau das hat uns inspiriert.« Sie zog ein Stück Stoff aus ihrem Rucksack. »Schaut mal.« Sie öffnete das Knäuel. TIERRA stand in schwarzen Tape-Fetzen auf dem weißen Stoff. Darunter eine blaue Welle als grober Pinselstrich. »Das wird unsere Fahne. Robinson Crusoes Insel hieß *Más a Tierra*. Wir nehmen TIERRA heraus, denn das bedeutet sowohl *Heimat* als auch *Erdboden* oder *Ackerland*. Perfekt, oder?« Kruso lächelte verlegen. »Du machst doch mit?« Alice schnallte eine Nylontasche von ihrem Rucksack und öffnete sie.

Kruso blickte zu seinem Bruder, der gerade Werkzeuge auf die Ladefläche eines Pick-ups lud. »Tut mir leid. Ich werde hier gebraucht.«

»Ist doch egal.« Alice wedelte mit der Fahne. »Du stellst einfach ein Zelt auf, tust, was du hier tun musst, und übernachtest immer dann in dem Zelt, wenn du willst. Hauptsache, du bestreikst die Schule und bist da, wenn Kenyal sein Video dreht. Abgemacht?«

Kruso lächelte sein rätselhaftes Lächeln und lief dann zu seinem Bruder, um ihm zu helfen.

Alice schien sehr zufrieden. »Läuft ja besser als erwartet! Hast du ein Zelt?«

»Leider nicht.«

»Dann hilf mir doch erst mal, meins aufzustellen.« Sie zog eine Plane aus der Tasche und danach ein Bündel Zeltstangen.

»Wie viele kommen denn?«

»Paul hat fest zugesagt, Mia, Schmu und Yoda mit Kenyal. Hoffen wir mal, dass noch mehr kommen.«

»Was, nur noch fünf? So wenige? Bringt das überhaupt

was?« Es war enttäuschend. Bei der letzten Versammlung waren wir 27 gewesen.

»Warten wir's ab. Die meisten haben Angst wegen der schulischen Konsequenzen.« Sie kniff die Lippen zusammen.

»Da machen viele Eltern Druck. Ich hab ja das Abi schon. Und meine sind zum Glück auf unserer Seite. Deine auch?«

»Schön wär's.« Ich begann, die Zeltstangenteile ineinanderzustecken.

»Oh, dann kreuzen die womöglich noch hier auf und machen Ärger. Oder schicken gleich die Schulaufsichtsbehörde vorbei.« Alice breitete die Plane auf dem Boden aus.

»Hm.« Ich fühlte mich zunehmend mutloser.

Alice blickte auf. »Hey, ich find es grandios, dass du dabei bist. Lass uns hier was Großes erschaffen, ja? Dann werden deine Eltern vielleicht ihre Meinung ändern.« Damit mein Vater seine Meinung änderte, müsste schon ein Wunder geschehen. Ich hoffte also auch auf ein Wunder, wie Sybill. Aber wie sollte es aussehen, dieses Wunder? Sollte ein Regierungsabgeordneter vom Himmel fallen, Krusos Familie unerschöpfliche Subventionen garantieren, beschließen, die Stadt autofrei und CO_2-neutral zu machen und ich lauter Einsen für mein tolles Engagement einstreichen?

Eine Wandergruppe stapfte den Hügel herauf. Erst als sie den Weg zum Hof der Rusowskis einschlug, erkannte ich Yoda, Schmu, der in die Elfte ging und die Volleyball-AG leitete, einen Typ mit Zopf, den ich noch nie gesehen hatte, und Kenyal, der unschwer an seinen grünen Haaren zu erkennen war, die leuchteten wie ein Topf Ostergras.

Alice rief ihnen entgegen: »Willkommen, ihr wundervollen Insulaner! Willkommen auf TIERRA.«

18

Im Nullkommanix hatten wir unser kleines Protestcamp errichtet. Allerdings erinnerte lediglich die Fahne daran, dass es sich um eine Demonstration handelte, denn die fünf Zelte neben Kochstelle und Wäscheleine sahen eher nach einem normalen Campingplatz aus.

»Leute, das reicht nicht.« Kenyal blickte sich um. »Worüber soll ich denn hier bitte berichten?«

»Wir fangen doch gerade erst an.« Yoda hielt eine Spraydose in die Höhe. »Jetzt kommt die Wasserlinie.«

»Hast du gefragt, ob wir das machen dürfen?« Alice sah mich an.

»Äh, nein.«

Ein klappriger VW-Bus fuhr über die Wiese und parkte genau neben den Zelten. Poppy rannte bellend auf ihn zu. Er war knallig bunt lackiert, ein Graffiti mit zwei riesigen Händen und den Worten QUID PRO QUO verzierte die gesamte Längsseite. Ein schwarz gekleideter Riese mit dicker runder Brille stieg aus und knallte die Tür hinter sich zu.

»Du kannst gleich wieder abrauschen«, sagte Kenyal. »Das ist 'ne Nullnummer hier.« Und der Typ öffnete tatsächlich die Fahrertür und stieg wieder in den Wagen.

»Moment mal.« Yoda stellte sich vor den Bus. »QUID PRO QUO, schon vergessen?«

»Du bist 'ne tolle Aktivistin«, holte Kenyal aus, »echt. Aber das hier ...«, er zeigte auf die Zelte, »wird einfach nur peinlich. Das gibt 'nen Shitstorm.« Er fuhr sich durchs Haar. »Mensch, das kann ich dir nicht antun.«

»Blödsinn. Um mich geht es dir doch gar nicht. Und außerdem hast du sogar mal diese Schminktussi Nadja Nice interviewt. Hey, peinlicher kann's ja wohl nicht werden.«

»Ach, so ist das.« Kenyal zog sich eine senffarbene Mütze über die grünen Haare. »Komm, Lan, Abgang.« Der Nerd, der offensichtlich Lan hieß, knallte die Tür zu, während Kenyal auf der Beifahrerseite einstieg.

Yodas Dreadlocks wogten wie die Schlangen der Medusa um ihren Kopf, während sie die Tür festhielt. »Das ist nicht dein Ernst, oder?«

Ich spürte die kleine graue Muschel in meiner Hosentasche, die Yoda mir gegeben hatte.

»Hey Kenyal, warte doch mal!« Ich ging zu ihm und hielt ihm die Muschel vor die Nase. »Der Meeresspiegel steigt. Alles hier wird untergehen.« Ich zeigte in die Ferne, ungefähr dahin, wo mein Zuhause lag. »Es ist meine Heimat. Ich möchte sie nicht verlieren. Ich habe Angst. Und diese Aktion hier ist das Einzige, was mir gerade Hoffnung macht. Aber damit wir Erfolg haben, müssen viele davon erfahren. Bitte, hilf uns dabei.«

Kenyal schaute mich eine Weile an, dann Poppy, die brav neben mir hockte. Er sah zu Alice, die unsere Fahne in der Hand hielt, betrachtete das mickrige Grüppchen Zelte, bemaß die Koordinaten des Platzes, der noch gefüllt werden konnte, und ließ seinen Blick schließlich in einer ungewissen Ferne verweilen.

»Gut, Ihr Wunsch ist mir Befehl.« Er verbeugte sich. »Wir

machen *einen* Versuch. Wenn's schiefgeht, rausch ich wieder ab.« Er zog die Mütze herunter und sprang aus dem Bus.

»Dann lasst uns loslegen. Lan, mach die Kamera bereit. Wollen doch mal sehen, was wir aus dem Setting hier rauskitzeln können.« Er blickte Yoda an, die ihm ein ausgerupftes Gänseblümchen ins Ostergras steckte.

»Danke, du lustiger grüner Mann.« Sie grinste.

»Nicht dafür, böse braune Frau.« Sie lachten. Alter Falter, das war knapp.

Ein Wiehern in der Ferne lenkte mich ab. Es war mir so vertraut wie Poppys Winseln. Zuerst sah ich Leon, der über die Maisstauden herausragte, dann Ulysses, auf dem er ritt. Nicht Nonno? Sie kamen den Feldweg herauf, den wir die Woche zuvor noch gemeinsam entlanggetrabt waren. Sie näherten sich unendlich langsam, wie in einem Western kurz vor dem Showdown. Zeit genug für Yoda, mich mit Fragen zu bombardieren, die ich gar nicht richtig hörte.

»Ich geh mal Kruso suchen und lass dich mit deinem Prinzen allein«, sagte sie schließlich und schwenkte die klackernde Spraydose vor meiner Nase. Aber ich blickte weiter gebannt zu Leon und Ulysses, bis sie genau vor mir anhielten. Leon stieg ab. Poppy rannte sofort zu ihm und wedelte wie verrückt mit dem Schwanz. In mir wedelte auch alles. Ich wäre ihm am liebsten um den Hals gefallen. Aber Leon würde nicht bleiben. Das war sofort klar. Er hatte keine Tasche dabei und würde Ulysses wohl kaum auf Krusos Hof *parken*.

»Hi.« Leon ließ eindeutig zu viel Abstand zwischen uns.

»Hi.« Er blickte zu Kenyal, der gerade Lan mit seiner Kamera um die Fahne dirigierte.

»Das soll es sein?« Er zeigte auf unser *Zeltdorf*, das den

Namen Dorf noch nicht verdient hatte. Ich nickte betrübt.

»Kommen noch welche?«

»Ich hoffe.« Ulysses stupste mich mit der Nase an und schnaubte. »Ist was mit Nonno?«

»Nein. Aber ich dachte, du würdest Ulysses vielleicht gern sehen.«

»Ja. Danke.« Ein zartes Pflänzchen schien zwischen uns zu erblühen. Ich streichelte sanft über den Pferdehals und sah Leon dabei an.

»Das Tuch da«, sagte er und zeigte auf mein Haar, »schön.«

»Ja, hat Sybill gemacht.« Warum zum Teufel sagte ich das?

Leon sah in Richtung des Hauses. Die Tür ging gerade auf und Kruso kam heraus. Sofort machte Leon einen Schritt auf mich zu und ich roch diesen typischen Leonduft, für den es keine Beschreibung gab. Für mich roch er nach Heimat.

»Deine Nachricht«, sagte er, »also, ich zweifle nicht daran, dass unser Stadtteil erhalten bleibt. Das ist der Unterschied. Aber ...« Er stockte, als Kruso auf uns zusteuerte. »Aber es gibt etwas anderes, das uns verbindet ...«

»Ava!« Kruso winkte mit einem T-Shirt. »Ava, hier.« Er reichte es mir. »Das hast du im Bett liegen lassen.« Er lächelte zuerst mich an, dann Leon.

Ich wurde schlagartig rot. Dabei gab es überhaupt keinen Grund dafür. Aber allein der Gedanke daran, wie Leon diesen Satz deuten könnte, machte mich panisch. Ich schnappte nach dem T-Shirt, als wollte ich es schnell vor Leon verbergen. Und das machte die Sache nicht besser.

»Danke.« Ich sah nervös zwischen Kruso und Leon hin und her. Kruso lächelte stoisch, aber Leon erblasste. Wie ich es befürchtet hatte. »Ich musste irgendwo übernachten«, versuchte ich eine Erklärung in Richtung Leon, zog die Schlinge damit aber nur weiter zu. Denn früher wäre ich zu Leon gegangen, wenn ich zu Hause Stress gehabt hätte. Und von meiner Auseinandersetzung mit Konrad wusste Leon vielleicht gar nichts.

»Ja«, sagte Kruso, »sie hat frischen Wind reingebracht.« Er lachte. »Hat Mama gesagt.« Oh nein. Das war so endpeinlich.

Leon machte wieder einen Schritt zurück. »Und was sagt dein Vater dazu?« Er blickte Kruso düster an. »Der hat's ja nicht so mit frischem Wind.« Mit einem Mal fiel Krusos fröhliche Fassade in sich zusammen. Seine Augen wurden groß und rund und schienen gleich davonzufließen. Er sah mich traurig an und ging dann wortlos fort.

»Warum …?« Ich suchte in Leons Gesicht vergebens nach der vertrauten Milde.

»Er nervt«, unterbrach er mich. »Immer dieses Grinsen und die dummen Sprüche. Und Mama ist sowieso die Beste und alles wird auch mit Sicherheit gut.«

»Leon. Kruso ist unheimlich nett. Der tut niemandem was. Warum bist du …?«

Leon fuhr mit der Hand durch die Luft wie mit einem Schwert. »Vergiss es. Dann viel Spaß mit dem *netten* Spinner.« Er wollte sich umdrehen, aber ich hielt ihn fest.

»Warte. Das ist unfair … Und außerdem wolltest du doch noch sagen, was uns verbindet.«

»Ich hab's vergessen.« Er schwang sich auf Ulysses, der wiehernd ein paar Schritte rückwärtsging, zog grob am Zügel und galoppierte davon. Ich hätte schreien können.

»Da ist wohl was schiefgelaufen.« Yoda reichte mir ein Stück Brot mit Käse. Ich hätte mich beinahe an sie geschmissen. Da dirigierte Kenyal Lan und seine Kamera um uns herum. »Was soll das? Ich dachte, das sieht noch viel zu armselig aus?«

»Das kommt auf die Perspektive an, Love. Wart's ab. 'ne Totale vom *Zeltdorf* wäre noch nicht angebracht, da hast du recht.« Er grinste. »Aber so ein paar Details: Gummistiefel, trauriger Blick auf die untergehende Ebene, die Fahne. Not bad. Und das Licht ist gerade ein Träumchen.«

19

Bis zum Abend kamen noch drei weitere Aktivisten und zwei Zelte dazu. Unser Dorf bestand nun also insgesamt aus sieben Zelten, der Kochstelle, der Fahne und einem VW-Bus, in dem Kenyals *Mitarbeiter* Lan ein Ministudio betrieb. Wirkte alles total durchgeknallt. Aber die 720.000 Abonnenten waren Fakt und ich zwang mich, den Beitrag ernst zu nehmen, den er machen wollte, auch wenn es mich höllisch nervte, dass er zwischendurch immer mal wieder Fair-Trade-Produkte filmte, die er wohl in seinem Shop verkaufte, oder eine Mütze mit der Aufschrift QUID PRO QUO, einen grünen Deostein für den *Aktivisten von heute* und sogar Schokozigaretten, auf deren Packung kein Lungenkrebs oder so abgebildet war, sondern ein glücklich grinsender Kenyal mit verschmiertem Schokomund.

»Und wie heißt du?«, fragte er mich am Lagerfeuer.

»Ava.«

»Wie diese Schauspielerin …?«

»Nein, wie Ava Slevogt, meine Oma. Sie war Reitlehrerin.«

Und sofort dachte ich wieder an Gulliver und Liliput und tauchte in meiner Erinnerung in Omis traurige Augen, die immer feucht geworden waren, wenn sie von der *großen Flut* erzählte.

Da kam Kruso aus der Dunkelheit und setzte sich auf eine umgedrehte Wasserkiste. Er lächelte mich mal wieder unergründlich an.

»Was?«, fauchte ich ungeduldig. Ich war immer noch sauer auf ihn und überhaupt nicht in der Stimmung, sein Lächeln zu erwidern. Er hatte natürlich keine Ahnung, warum, und schien meinen Ärger auch nicht auf sich zu beziehen.

»Deine Mutter hat bei uns angerufen. Sie konnte dich auf dem Handy nicht erreichen. Ich soll dir sagen: *Alles ist gut. Ich hab dich lieb.*« Es klang merkwürdig aus Krusos Mund. »Sie will morgen vorbeikommen und dir Avocados und Hundefutter bringen.« Dabei verzog er das Gesicht.

»Was ist?«

»Avocados haben eine erschütternd ungenügende Umweltbilanz.«

Kenyal prustete los. »*Eine erschütternd ungenügende Umweltbilanz*«, wiederholte er geschwollen. »Du bist echt ein Lauch der alten Schule, was?«

Kruso zuckte mit den Schultern.

»Hier kommt die Suppe für alle.« Sybill stand plötzlich neben mir und stellte einen riesigen Topf auf ein paar Backsteinen ab, die um die Feuerstelle herumlagen. Alle klatschten. »Kartoffeln, Karotten, Sellerie und Lauch vom eigenen Acker. Und dazu Apfelsaft aus eigener Ernte.« Kruso stellte einen Saftkarton neben die Suppe.

»Das ist aber nett, Frau Rusowski. Vielleicht werden Sie uns nun gar nicht mehr los.« Alice gab ihr die Hand.

»Nennt mich bitte Sybill, ja?« Sie blickte in die Runde. »Und ich bin froh, dass ihr hier seid.«

»Wenn wir ... dir mal helfen können, sag Bescheid!« Schmu zeigte seinen Bizeps. Und Paul, der Typ mit dem Zopf, nickte zustimmend.

»Das ist ein tolles Angebot. Darauf komme ich sicher zurück. Es gibt hier immer viel zu tun.« Sie drehte eine alte Holzkiste herum und setzte sich zu uns. »Also, Karl, hast du es ihnen schon erzählt?«

»Was erzählt?« Yoda, die neben Kruso saß, stupste ihn mit dem Ellenbogen an.

»Er hat eine großartige Idee.« Sybill zog eine Kelle Suppe aus dem Topf und füllte Schmus Teller. Kruso schwieg.

»Jetzt sag schon.« Yoda stupste ihn noch einmal an.

»Ich bau an einem Boot«, sagte er und schwieg dann wieder.

»Und?«, drängte Kenyal.

»Es ist fast fertig. Wir könnten es hier …« Er zeigte in die Dunkelheit. »Man könnte die Fahne daran …« Er zeigte zum schwarzen Himmel. »Und die Wasserlinie davor.«

»Bombe!«, rief Kenyal begeistert. »Und dann setzt ihr euch alle rein, posaunt eure Botschaft in die Wallachei und ich mache ein Video. Echt genial! Vielleicht zieht ihr noch Rettungswesten an oder so was.« Er stand auf, ging zu Kruso und klopfte ihm anerkennend auf die Schulter. »Du bist unser Mann.«

»Moment mal.« Alice hob ihren Löffel. »Toll, dass du über die Aktion berichten willst. Aber Beschlüsse fassen wir hier demokratisch, klar?« Kenyal sah sie entgeistert an. »Wenn wir das Boot hier aufstellen und uns alle reinsetzen und einen Slogan brüllen, womöglich noch in Rettungswesten, dann könnte das auch ganz schön armselig aussehen. Das muss alles gut durchdacht sein, okay?« Ihre wilde rote Mähne schien ihre Worte zu unterstreichen. Kenyal zog ehrfürchtig den Kopf ein.

»Okidoki, Chefin.« Er setzte sich wieder. »Ich muss das nicht machen. Is 'ne Gegenleistung: QUID PRO QUO. Aber gut. *Durchdenken* wir das also erst mal.« Er nahm sich einen Teller und füllte Suppe hinein.

»Schön.« Alice war so herrlich sachlich. Mir tat das gut. »Kruso. Vielen Dank für das tolle Angebot. Da lässt sich mit Sicherheit etwas draus machen. Wir besprechen das am besten morgen in unserer täglichen Konferenz. Bis dahin können wir uns das Boot noch angucken. Hat es denn schon einen Namen?«

»*Wasserratte.*«

Kenyal prustete los. »*Wasserratte?* Wie putzig.« Er schob die Schneidezähne über die Unterlippe und sah mit seinen grünen Haaren aus wie ein Wawuschel. »Warum nicht gleich *Lauch-Boot?*« Er haute Lan auf die Schulter, der sofort nach seiner Brille griff, um sie zu schützen. Mann, was für ein Arsch der doch sein konnte.

»Ich finde *Wasserratte* cool«, sagte ich.

Kruso, der Kenyal einfach ignorierte, weil er ganz offensichtlich nicht mal verstand, was der für ein Problem hatte, oder es nicht verstehen wollte, richtete seinen Blick auf mich.

»Sind widerstandsfähige Tiere. 'ne invasive Art. Werden uns alle überleben.«

»*Invasiv?*«, näselte Kenyal.

»Ja, breiten sich hier aus wie verrückt und gefährden unser Ökosystem.«

»Das könnte man über den Menschen auch sagen.« Alice tippte Kenyal auf die Schulter, während sie sprach.

Der kriegte sich nicht mehr ein. »Hey Krusowski, wie wär's, nenn dein Boot doch einfach *Kenyal*. Das ist nämlich das indonesische Wort für *unverwüstlich*.« Er reckte beide Hände hoch in die Luft, formte Peace-Zeichen und freute sich dabei 'nen Ast.

»Ich denke darüber nach«, sagte Kruso ernst. Und das zog mir komplett den Stecker.

20

Für die Markierung der Wasserlinie rund um das Plateau schenkte uns Sybill ein paar riesige alte Bodenplanen in Blau, die schon zu kaputt waren, um sie noch für die Felder zu verwenden. Wir rissen sie in unzählige Streifen von jeweils einem Meter Breite und 20 Metern Länge und schwärmten in Zweiergruppen aus, nachdem Alice stark vergrößerte Kartenausschnitte an alle verteilt hatte, auf denen die Linie so präzise wie möglich eingezeichnet war. Ich hatte mich mit Yoda zusammengetan. Poppy begleitete uns und lief voraus. Wir banden das Ende des ersten Streifens an einen kleinen Apfelbaum und liefen, wie vereinbart, im Uhrzeigersinn entlang der eingezeichneten Linie. An manchen Stellen beschwerten wir die Plane mit Steinen, damit ein Windstoß sie nicht abreißen würde. Nach 20 Metern wurde der nächste Streifen angeknotet und es ging weiter, so lange, bis wir auf den Anfangsknoten der nächsten Gruppe treffen würden.

»Was ist das denn?« Yoda zeigte auf ein fliegendes Objekt in der Ferne.

»Smart Farming oder Landwirtschaft 4.0«, sagte ich düster.

»Wie?«

»Eine Drohne, die den Acker berechnet und Schädlinge ausmachen kann.«

»Und wer lenkt die Dinger?«

»Na, der Landwirt selbst.« Ich sah Konrad vor mir, wie er in seinem Büro am Computer saß. »Es gibt auch Traktoren, die selbstständig fahren, GPS-gesteuert. Da sitzt nur noch so 'ne Marionette als *Kontrollorgan* hinter dem Lenker.«

»Da braucht man doch sicher eine extra Ausbildung für, oder? Früher war der Bauer auf dem Feld, jetzt sitzt er in einer Schaltzentrale oder wie muss ich mir das vorstellen?«

Ich dachte daran, dass Konrad fast nie Gummistiefel trug und tatsächlich mehr Zeit in seinem Büro verbrachte als auf dem Acker – und in Berlin, wo er laut Leon *Politik machte*.

»Keine Ahnung«, sagte ich. Wir knoteten gerade zwei Streifen aneinander und eine merkwürdige Stille breitete sich um uns herum aus. Warum war sie eigentlich so merkwürdig?

»Ist das der Hof von deinem Leon?« Yoda zeigte in Richtung meines *zweiten Zuhauses*. Haha.

»Er ist nicht *mein* Leon, aber es ist der Hof seiner Familie, ja.«

»Sieht picobello aus und echt riesig. Da sitzt die Kohle, was?«

»Hm.« Ich musste sofort an Ulysses denken. Ob Konrad ihn mir immer noch schenken würde? Eine kurz vergessene Düsternis überfiel mich und ich ließ mich auf einem Steinmäuerchen nieder. Poppy legte sich sofort vor meine Füße und hechelte.

»Die Felder von den Rusowskis machen dagegen einen miserablen Eindruck.« Sie nahm ein Steinchen von der Mauer, die so aussah, als ob sie kurz vor dem Einsturz stünde, und warf es auf den staubtrockenen Ackerboden, wo es klackernd auftraf und noch zwei kleine Hüpfer machte. Wie Leon bei unserem letzten Ausritt.

»Die haben kein Geld für Technik und so. Ehrlich gesagt:

Denen geht's ziemlich mies seit der letzten Dürre. Die wissen nicht mal, ob sie den Hof noch halten können.« Ich dachte an Kruso, der mir am Morgen beim Frühstückmachen noch mehr darüber erzählt hatte, sparte aber die Details über seinen Vater aus. »Wegen der Dürre schrumpfen ihre Erträge und sie können sich nicht mal vergrößern. Da ist Klamms Land. Und das da«, ich zeigte in die andere Richtung, »gehört der Stadt. Die gibt es wohl kaum einem armen Bauern mit völlig veralteter Technik. Aber die Subventionen werden eben nach Hektar bezahlt.«

»Was bedeutet?« Yoda setzte sich neben mich.

»Im Grunde, dass Klamm für sein großes Grundstück viel Geld bekommt und Rusowski für sein kleines wenig.«

»Egal, was sie damit anstellen?«

»Genau. Da könnte auch eine Biogasanlage draufstehen. Ist komplett egal.«

»Apropos bio, biologisch angebaut wird hier nicht, oder?«

»Nee, dann würde der Boden bestimmt besser aussehen.«

»Klingt ganz schön verzwickt.« Und da fiel mir ein, was Sybill gesagt hatte, nämlich dass Ivko den Hof auf Bio umstellen wollte, sein Vater aber dagegen war.

»Wenn man den Vater überzeugen könnte ...«, dachte ich laut.

»Wozu?«

»Umzustellen, auf Bio. Ivko hatte das vor. Aber die Familientradition oder so ...«

»Die hilft dem Hof aber nicht, wenn er bankrottgeht.«

»Eben.« Eine Amsel zog zwitschernd vorüber. Jetzt wusste ich, warum die Stille so merkwürdig war. Es war eine Totenstille. Keine Biene summte, kaum ein Vogel trällerte. Nur ein entferntes Surren der Drohne war zu hören und das Tuckern eines Traktors, der eine Ernte einfuhr. »Nicht mal die Bienen wollen hier noch leben. Es ist trostlos.« Poppy kaute auf einem vertrockneten Halm. Ich zog ihn ihr hektisch aus dem Maul. Traurig sah sie mich an und sofort fühlte ich mich noch elender. Mein ganzes Leben hatte ich hier in der Gegend verbracht, mit Leon aus Löwenzahnstängeln kleine Staudämme in Bächen gebaut, mit ihm auf blühenden Wiesen gelegen, Regenwurmrennen veranstaltet und im Frühling Schlüsselblumensträußchen gepflückt und Ostereier gesucht. Wie im Bilderbuch. Und jetzt? Staubtrockene Böden, nur vereinzelt ein paar Mohnblumen und dann auch noch diese unheimliche Stille. Es war richtig gespenstisch.

»Wir müssen mehr tun.«

»Wie meinst du das?«

»Es reicht nicht, auf den steigenden Meeresspiegel aufmerksam zu machen. Es ist natürlich eine coole Aktion. Und wenn wir Glück haben, kommt sie in die Lokalnachrichten und das Hamburger Abendblatt schreibt eine Randnotiz.«

»Hey, nicht so finster. Ich werd ja selbst schon ganz deprimiert.« Yoda schüttelte den Kopf, als versuche sie, die trüben Gedanken herauszuschleudern.

»Ist doch wahr. Wir müssen mehr tun! Lass uns mal mit Ivko reden.«

»Uuuh, dem Herrn der Finsternis.«

»Ja, genau. Mutig wir sind.« Ich wickelte sie in eins der Bänder ein und ihr kullerndes Lachen erlöste mich aus der Düsternis.

»Kennst du Kruso eigentlich auch schon so lange wie Leon?«

»Im Prinzip schon. Aber komischerweise hatten wir nie

etwas mit ihm zu tun, obwohl wir immer hier umhergestreift sind. Ich glaube, Kruso hat schon angefangen, auf dem Hof zu helfen, als er gerade laufen konnte. Er war mir immer fremd. Und sogar ein bisschen unheimlich.«

»Unheimlich? Kann ich mir gar nicht vorstellen.«

»Doch. Er stand manchmal urplötzlich irgendwo am Wegesrand oder saß auf einem Apfelbaum. Ich habe lange gedacht, dass er stumm sei. Bis ich ihn einmal mit Ivko auf dem Feld sah und die beiden laut einen Abzählreim beim Ernten aufsagten. Das war vielleicht ein Schock.« Ich blickte in die Richtung, wo sich die Szene damals abgespielt hatte. »Die beiden waren immer so dick miteinander.« Ich kreuzte Zeige- und Mittelfinger. »Aber jetzt …. Ganz gruselig.«

Keine hundert Meter entfernt sahen wir Schmu und Max, einen stämmigen Typ aus der Zwölften, die uns winkten. Wir knoteten schnell das nächste Band an unser vorheriges und liefen zu ihnen rüber.

»Ihr müsst den Kreis vollenden«, sagte Schmu feierlich. Vor seinen Füßen war ein Grenzstein, um den eines der Bänder geschlungen war. Yoda wickelte unseren Streifen ebenfalls darum, während Schmu und Max einen Trommelwirbel mimten.

»Die Flutlinie steht!« Wir schlugen alle die Hände ein.

»Meint ihr, dass man sie wirklich sieht? Könnte ja auch einfach für ein Absperrband gehalten werden.«

»Na ja, hoffen wir mal, dass Kenyal alles gut in Szene setzt in seinem Video.«

Der letzte Eintrag auf meinem Insta-Account @avacado war ein Bild von mir mit meinem Schild: *Sei du selbst die Verän-*

derung, die du dir wünschst für diese Welt. Seit der letzten Demo hatte ich nichts mehr hinzugefügt. Ich blickte auf den urigen Grenzstein, in den die Jahreszahl 1571 eingemeißelt war, und machte ein Foto. Darunter schrieb ich: *Alles wird untergehen. Alles? Nein. Da gibt es noch einen Hof auf einer Anhöhe im Hamburger Osten, der dem steigenden Meeresspiegel trotzt, wenn das Wasser kommt. Siedelt rechtzeitig um!*

Der erste Kommentar folgte prompt. Ben. *Biotönnchen goes Dramaqueen!*

Und gleich darauf Besat: *Sorry, hab Hausarrest. War zu viel auf Demos.* Mit Zwinkersmiley.

Maya schrieb: *Du fehlst.*

Und Jonas postete einen YouTube-Link zum Musikvideo von *Hurra, die Welt geht unter*. Dazu alle Strand-Emojis, die sein Handy zu bieten hatte.

21

Kruso zeigte uns sein Boot. Es war beeindruckend und um einiges größer, als ich gedacht hatte.

»Woher weißt du, wie das geht?«

»Tutorials«, sagte er. Und das war, als hätte mein Vater verkündet, dass er seit Jahren Breakdance machte, so wenig passten Tutorials zu Kruso. Aber ich war scheinbar die Einzige, die sich darüber wunderte. Wir liefen alle um den circa fünf Meter langen Kahn herum und strichen über das glatt geschmirgelte Holz. Poppy stellte sich auf die Hinterbeine und schnüffelte daran.

»Ist es fertig?«, fragte Alice.

»Fast. Es fehlen noch der Anstrich und die Bänke.« Kruso sah flüchtig über uns hinweg. Sein Blick hatte etwas Verletzliches. Ich wusste ja, dass das Boot für seine Angst stand, aber auch für einen Befreiungsschlag aus der lähmenden Machtlosigkeit. Es war so ein therapeutisches Ding. Aber außer mir wusste das keiner.

»Es ist wundervoll«, sagte ich. Kruso lächelte.

»Ja. Es ist wirklich beeindruckend. Wir sollten dein Angebot annehmen.« Alice klopfte auf das Holz. »Was meint ihr?«

»Auf jeden.« Kenyal machte Lan ein Zeichen, dass er mit dem Filmen beginnen sollte. »Ich tippe auf 20 Prozent mehr Klicks, wenn wir es einbauen.«

»Jetzt steht ja auch die *Wasserlinie*. Ich würde sagen, wir starten heute noch mit der Streikankündigung.«

»Lan, schaffen wir das?« Kenyal wandte sich an seinen Helfer, der bisher noch nicht viel gesagt hatte. Lan war wieder unauffällig in Schwarz gekleidet. Seine Augen erschienen durch die dicke Brille riesig vergrößert.

»Denke schon«, sagte er und blickte auf sein Handy.

»Gebongt.« Sie drückten ihre Fäuste aufeinander.

»Und wir posten es natürlich auch auf @wirsinddieflut.« Alice sah Schmu an, der offensichtlich dafür zuständig war, unseren neuen Account zu bespielen.

»Aber sicher.«

Während fast alle damit beschäftigt waren, das Boot, das glücklicherweise auf einem Hänger lag, nach draußen zu bugsieren, ging ich ins Haus und suchte Ivko. Sybill trällerte in der Küche und Poppy lief sofort zu ihr. Am Ende des Flurs stand eine Tür offen, die bisher immer verschlossen war. Dahinter saß Ivko an einem großen Eichentisch, der über und über mit Papieren vollgehäuft war. Er hatte die gleichen störrischen Haare wie Kruso, aber mehr Ähnlichkeiten waren nicht zu entdecken. Seine Augen waren dunkel und unergründlich und die Nase und Hände besonders groß. Ich konnte mir gar nicht vorstellen, dass er es schaffte, die Tasten des kleinen Laptops vor ihm einzeln anzuschlagen. Ich klopfte an den Türrahmen.

»Was willst du denn?«, fragte er abweisend. »Sybill ist in der Küche.«

»Ich will zu dir.« Ich raffte all meinen Mut zusammen. »Ich möchte etwas mit dir besprechen.«

Da lachte Ivko zum ersten Mal, seit ich auf dem Hof angekommen war.

»Du willst etwas mit mir besprechen. Das ist ja süß. Wenn du willst, dass ich euren Quatsch unterstütze, dann kannste das gleich wieder vergessen, klar? Ihr bringt hier nur noch mehr Probleme her. Wir haben ohnehin schon genug.« Er hob einen Stapel Briefe hoch und ließ ihn fallen. »Rechnungen.« Dann lüpfte er einen anderen Stapel. »Mahnungen. Und schließlich, tadaaaa, eine Anzeige von der Stadt.«

»Und genau darüber will ich mit dir sprechen.« Ich ging entschieden auf den Tisch zu und setzte mich auf den freien Stuhl.

»Na, da bin ich aber gespannt. Hast du eine Erbschaft gemacht und willst um Karls Hand anhalten? Genehmigt.« Er ließ sich grinsend in die Lehne fallen. Es quietschte fürchterlich. »Ach nein«, fuhr er gedehnt fort, »ganz vergessen: Du hast ja schon Leon am Haken. Der ist natürlich eine bessere Partie.« Plötzlich ließ er seine Faust auf den Tisch knallen. »Aber leider der Sohn eines Verbrechers. Tut mir leid.« Er lehnte sich vor und sprach übertrieben leise weiter. »Wusstest du nicht?« Er hielt einen Finger vor den Mund. »Ich verrate es dir, aber pssst.« Er winkte mich näher heran. »Sein ach so grandioser Herr Papa vergiftet unser Grundwasser und hängt dann *uns* die hohen Nitratwerte an. Ha!« Seine Hände knallten wieder auf die Tischplatte und ich zuckte erschrocken zurück. »Der weiß, dass wir uns keinen Anwalt leisten können. Und wenn wir dann völlig erledigt sind, kauft er alles für einen Spottpreis auf. Da sind eure Kinder schon vor der Geburt kleine Verbrecher.« Er lachte so böse, dass ich aufstand, ein paar Schritte zurückwich und plötzlich mit Sybill zusammenstieß.

»Ivko, was soll das?« Sie hatte ihre Gartenschere in der Hand.

»Ach, ich wollte sie nur warnen.«

»Du vergiftest die Luft. Das ist alles, was du tust.«

»Ja, genau. *Ich* vergifte die Luft. Und was tut Vater? Wenn er Mama nicht …«

»Hüte deine Zunge«, sagte Sybill scharf. »Darüber haben wir schon oft genug gesprochen. Ihr solltet euch endlich versöhnen. Meine Güte.« So aufgebracht hatte ich Sybill noch nicht erlebt. Sie zerrte sich das Band aus dem Haar, um es dann unwirsch wieder hineinzuwickeln. Danach sah sie mich an. »Tut mir leid, Ava. Da bist du wohl zwischen die Fronten geraten, was?« Sie lächelte bemüht. »Was hast du eigentlich gesucht?«

»Ich wollte etwas mit Ivko besprechen. Aber muss nicht jetzt sein.«

»Aha? Doch, das ist gut. Besprecht ruhig. Ich wollte eh gerade etwas Rosmarin schneiden.« Sie lächelte unsicher und ging hinaus.

»So, Prinzessin, dann rück mal raus damit. Ich muss hier nämlich weiter die Schulden verwalten.«

Ich setzte mich wieder auf den freien Stuhl vor dem Tisch. »Es geht um deine Idee, den Hof auf Bio umzustellen.«

Er stöhnte. »Sybill muss aber auch echt alles unter die Leute bringen. Was hat sie noch herausposaunt?« Er zeigte unwirsch auf ein weiteres besticktes Deckchen an der Wand. *Rede wenig, denke mehr, vieles Schwätzen bringt nicht Ehr.* »Sie sollte mal ihre eigenen Bauernweisheiten befolgen.«

»Sind die von ihr?«

»Ja klar. Ihr *Neben*geschäft. Bringt mehr als der gesamte Hof. Also, was willst du?«

»Dein Vater will keine Veränderung, hat Sybill gesagt.«

»Allerdings. Wenn es nach ihm ginge, würden wir noch mit Ochsen pflügen.« Er lachte bitter.

»Also, für ein Referat in der Schule habe ich recherchiert, dass die Abnahme für deutsche Bioprodukte schwieriger geworden ist, weil große Supermarktketten ihre Bioreihen mit billig produzierten Waren aus dem Ausland bestücken. Und im Ackerbau gibt es Wartelisten, wenn man die Umstellung mit Fördergeldern plant. Richtig?«

»Na, da hat sich aber eine schlaugemacht. Ja, mit der EU-Bioverordnung wird viel Schindluder getrieben. Einfach zum Kotzen. Und neben unserem *lieben* Klamm sitzen wahrscheinlich bald auch noch die Chinesen und Araber in den Startlöchern, um das Land zu kaufen. Bringt heute nämlich mehr Rendite als Kohle auf der Bank. Da versteh einer diese Kackpolitik.«

»Und deshalb meint dein Vater, Bioanbau könne den Hof auch nicht retten?«

»Hey, du Naseweis. Was soll denn das hier werden? Ich hab zu tun.« Er hob ein paar Papiere an und ließ sie auf den Schreibtisch flattern.

»Was wäre denn, wenn die Abnahme gesichert wäre?«

Ivko lachte spöttisch. »Träum weiter, Prinzessin.«

»Im Ernst. Dann würde es doch gehen, oder?«

»Willst du mit deinem Vater, dem König, alles aufkaufen, oder was? Dann finanziert uns doch bitte auch die Digitalisierung, ein paar Vasallen und diverse Maschinen und Gerätschaften, okay? Denn Kredite gibt uns keiner mehr.« Er wurde ärgerlich, aber ich ließ mich nicht beirren.

»Dann müsst ihr eben entsprechend viel für die Erträge verlangen.«

»Schade, Prinzessin, dass du nicht Landwirtschaftsministerin bist. So, und jetzt raus mit dir. Ich hab zu tun, muss unseren Untergang verwalten.« Er wühlte unwirsch in den Papieren. »Bürokratie bis in den Tod!« Er hielt inne und sah mich an. »Träumereien können wir Bauern uns nicht erlauben. Das ist nur etwas für Anwaltstöchter. Oder für Verbrecher wie unseren lieben Nachbarn, der mit den Lobbyisten unter einer Decke steckt.« Er wedelte mit seinen Pranken in der Luft herum. »Los, los!«

Ich stand auf. »Aber dann würde es gehen, oder?«

»Na klar, Prinzessin, Geld regiert die Welt.«

22

Die Streikankündigung ging gegen Abend auf allen Kanälen online und ließ keinen Zweifel daran, dass hier professionelle Aktivisten am Werk waren.

Die flatternde TIERRA-Fahne eröffnete bildfüllend den Clip, unterlegt mit *Wind of Change* von den Scorpions und am unteren Bildrand mit einem Comicstrip versehen: lauter kleine grünhaarige Männchen auf einer schmelzenden Eisscholle, die in Schlote von Kohlekraftwerken springen und sie verstopfen, Flugzeuge mit Schmetterlingsnetzen einfangen, hinter einem Waldrodungstrupp herrennen und Bäume in den Boden rammen wie Obelix Hinkelsteine. *Weil du es kannst*, schmetterte Kenyal mit tiefer Stimme, während man Alice und Schmu sah, die an der Flutlinie ein Schild in die Höhe hielten, auf dem *Wir sind die Flut* stand. *Weil es schnell gehen muss*, sagte Kenyal. Per Tricktechnik stieg das Wasser bis zur blauen Markierung. Alice und Schmu sprangen zur Seite, als hätten sie nasse Füße bekommen. *Weil alles untergeht*, ergänzte Kenyal. *Kommt nach TIERRA in den Vier- und Marschlanden und streikt mit uns. Wer, wenn nicht ihr?* Man sah zwei Zelte, zwischen denen die Sonne unterging. *Wann, wenn nicht jetzt?* Kruso und mich, wie wir vor der *Wasserratte* ein Transparent entrollten: *Weil es um unsere Zukunft geht*. Dann einen blinkenden roten Pfeil, der auf unseren über Nacht aus dem Boden gestampften Blog *www.wir-sind-die-*

flut.de verwies, wo wir alle Informationen zusammengefasst hatten. Wow!

Kenyal und Lan schlugen die Hände ein. Ich sah die beiden Irren plötzlich mit anderen Augen und musste mir eingestehen, dass ich ihnen das nicht zugetraut hätte. Es war also möglich, mit einer Handvoll bisher unbedeutender Schüler einen echt beeindruckenden Aufruf zustande zu bringen, ohne dass es peinlich wirkte. Es hauchte mir neues Leben ein, einen warmen hoffnungsvollen *Wind of Change*.

Die nächsten zwei Tage rasten vorüber wie ein Rausch. Ständig passierte etwas und ich hatte keine Zeit, über Leon nachzudenken oder mir Sorgen um die Zukunft zu machen. Nicht mal die bissigen Kommentare einiger Mitschüler zu meinem neuen Insta-Post zu Kenyals Video konnten mir etwas anhaben, obwohl Ben schwere Geschütze auffuhr und zu einer Gegenbewegung aufrief. Ein *Anti-Panik-Club*. So ein Vollidiot. Ich hingegen *schwamm* im wohligen *Wasser* der neuen Gemeinschaft, wurde mitgerissen, umgekrempelt, durchwirkt und neu angereichert.

Nach der Ankündigung dauerte es keine fünf Stunden, bis unsere kleine Gruppe auf 25 Teilnehmer angewachsen war. Und es kamen nicht nur Schüler unserer Schule, sondern Menschen aus ganz verschiedenen Stadtteilen und unterschiedlichen Alters: zwei Umweltaktivisten aus Altona, einige Studenten verschiedenster Fachrichtungen, eine junge Mutter mit kleinem Kind, eine Lehrerin im Sabbatjahr, die spontan ihre Pläne umgeworfen hatte, Kim, eine Freundin von Yoda, einige Oberstufenschüler aus Eimsbüttel und Sankt Georg, ein zwölfjähriger Pfadfinder, der kurz darauf von seinen Eltern unter lautem Protest wieder abgeholt wurde, und Edgar, ein rüstiger Rentner, dem sein Enkel gerade Instagram installiert hatte und der ein riesiges Armeezelt und ein paar Feldbetten in seinem alten Jeep mitbrachte. Außerdem ein paar *Handymädchen*, die Kenyal auf die Pelle rückten.

Dadurch wuchs unser *Dorf* rasant. Das Armeezelt wurde Schaltzentrale, Kantine und Vorratslager in einem und Edgar unser *Dorfältester*, der stündlich mehr aufblühte. Zudem tauchte der erste Journalist auf, interviewte Alice und Kenyal, machte Fotos von der *Wasserratte*, auf der wir einen Pseudomast errichtet hatten, um die Fahne aufzuhängen, und dann noch entlang der *Flutlinie*, die wir alle paar Meter mit Schildern versehen hatten. Darauf waren Parolen zu lesen wie *Uns steht's bis hier!* und *Kipp-Punkt voraus!* Zweimal hatten wir uns auch schon mit kämpferisch gereckten Fäusten im Boot platziert – ohne Schwimmwesten. Und Kenyal drehte mit Lans Hilfe den ersten Beitrag für seinen Kanal QUID PRO QUO. Bis zum vierten Abend waren wir rund 50 Aktivisten. Ein Caterer aus der Umgebung war auf uns aufmerksam geworden und hatte uns ein Kochzelt mit allen notwendigen Gerätschaften zur Verfügung gestellt, um uns zu unterstützen. Es stand nun gleich neben dem Wassertrog und wurde fortan von einigen unserer Neuen bewirtschaftet, die den Rusowskis auch gleich auf dem Feld halfen und dabei die Zutaten für unsere Mahlzeiten frisch ernteten. Zwei weitere Hunde kamen mit ihren Menschen und Poppy war im Hundeglück, sprang die ganze Zeit übermütig umher. Meine Mutter hatte mir eine Steige Avocados und Hundefutter gebracht und mir erzählt, dass sie vorübergehend im Wohnzimmer schlafe, weil sie viel mit Papa streite. Und den ganzen Ärger nicht mehr wegatmen könne. Das haute mich erst mal um. Dann sagte sie aber, dass ich mir keine Sorgen machen solle, denn er würde heimlich mit einem Kollegen telefonieren, der Klimaflüchtlinge vertrete, und neuerdings mehr mit Rad und Bahn fahren. Ich wisse ja, wie er sei, ein Dickkopf, der nicht klein beigeben könne. Es gelte abzuwarten. Die Avocados gab ich ihr schweren Herzens wieder mit, bis auf eine, die ich andächtig auslöffelte. Auch Ute tauchte wieder auf, sprach aber nur mit Sybill und winkte mir aus der Ferne zu, als ich gerade Paul dabei half, Schubkarren voller Sand direkt oberhalb der zukünftigen Wasserlinie auszuschütten. Das passende Schild war schon installiert worden: *Buchen Sie Ihren Strandurlaub 2030 und planen Sie Versorgungsengpässe ein!*

Seit unserem Gespräch war Ivko merklich aufgetaut. Mal brachte er uns Eier, mal unterhielt er sich mit Kenyal oder stellte uns Werkzeug zur Verfügung. Ich hatte Alice in meinen Plan eingeweiht und mit ihr vereinbart, dass wir die Rückkehr vom alten Rusowski abwarteten, bevor wir weitere Schritte unternehmen würden. So lange hatten wir ein Geheimnis. Nur Yoda wusste noch davon und fragte alle paar Stunden, wann der Vater denn endlich käme.

Und dann kam er.

Bruno war ein beeindruckend raumgreifender Mann. Er war riesig und musste in dem alten Bauernhaus bei jeder Tür den Kopf einziehen, wohl schon seit gut einem halben Jahrhundert. Seine wehenden weißen Haare standen ihm vom Kopf ab wie eine filigran vereiste Gebirgskette. Er hatte stechend blaue Augen, klar wie Kristalle, mit denen er einen zu durchleuchten schien, bis man seine Sünden offenbarte, ob man welche begangen hatte oder nicht. Sein zerfurchtes Gesicht erzählte eine lange entbehrungsreiche Geschichte. Seine Nase und seine Hände hatten dieselbe imposante Größe wie die von Ivko. Aber besonders markant waren die buschigen Augenbrauen, die verwirrend dunkel zwischen den weißen Haaren und den hellblauen Augen wucherten wie Unkraut.

Sybill musste ihn vorgewarnt haben. Er blickte nur im Vorbeigehen auf das Treiben im immer noch schnell wachsenden Protestcamp und verschwand gebückt im Haus. Sybill kam an diesem Tag nicht mehr heraus. Und als sie uns am folgenden die tägliche Ration Eier brachte, was sonst immer Ivko getan hatte, schien sie eine andere. Ernst und mit verhangenem Blick begrüßte sie mich und wischte mir einmal kurz über den Rücken, als wolle sie sich für ihre Veränderung entschuldigen.

»Wo ist Ivko?«

Sie zeigte zum Nachbarhof hinüber. »Es gab Streit.«

»Mit Konrad?«

Sie schüttelte den Kopf.

»Was ist passiert?«

»Bruno.« Sie stellte die Steige ab. »Er mag keine Veränderung.« Und damit verschwand sie wieder im Haus und ich sah sie den ganzen Tag nicht mehr. Dabei nahm unsere Protestaktion nun rasant Fahrt auf, denn Kenyals erstes Video ging online.

»Ava!«, schrie Yoda. Ich stand gerade bei den sechs mageren Milchkühen im Stall, um mir mit geschlossenen Augen und das Fell streichelnd ein bisschen Ulysses-Feeling zu holen, als sie hereinschoss. »Hier bist du. Wir suchen dich schon ewig. Was machst du denn?«

»Träumen?«

»O Mann und dabei verpasst du das Beste! Komm, schnell, das musst du sehen. Es ist einfach der Wahnsinn!« Sie nahm meine Hand und zerrte mich hinter sich her bis zum Armeezelt, wo Lan offensichtlich schon wartete. »Es ist fantastisch.« Sie machte ihm ein Zeichen. »Sie ist da! War im Kuhstall.« Und sofort fuhr Lan den Beamer hoch und projizierte das Video auf ein Laken an der Zeltinnenwand. Die beiden computeranimierten Hände schüttelten sich, die Worte QUID PRO QUO poppten auf und Ǩenyal erschien, mit Mütze und in Gummistiefeln, direkt vor Krusos Boot an der Flutlinie. Er hatte tatsächlich schwarzen Kajal unter den Augen.

»Hey Leute. Cool, dass ihr reinschaut. Diese Woche gibt es eine ganz besondere Gegenleistung, zu der ich mich gleich sieben Tage verpflichtet habe.« Ein blau-gelber Smiley poppte auf, der sich entsetzt die Hände ans Gesicht hielt und die Augen aufriss. Dazu wurde ein Schrei eingeblendet, der aus der Duschszene von *Psycho* hätte stammen können. Die Kamera fuhr zurück und Yoda kam mit ins Bild. »Yoda – alias Tilda – hat mir das eingebrockt und ich bin ihr wirklich dankbar dafür.« Kenyal zog seine Mütze herunter und in seinen grünen Haaren steckten ein paar Mohnblüten und eine flauschige Wollbiene. »Seht ihr das? Eine der letzten Bienen hat sich bei mir einquartiert. Und warum wohl? Na klar: keine Pestizide. Wo sind wir hier, Yoda?«

»Hi Kenyal. Toll, dass du dabei bist.«

»Ehrensache: Ein grünes Männchen, ein grünes Wörtchen.« Die Worte QUID PRO QUO stiegen in Luftblasen über das Bild und verschwanden.

»Wir sind hier in den Vier- und Marschlanden«, sagte Yoda, »einer Hamburger Region, die mit am stärksten vom steigenden Meeresspiegel betroffen sein wird. Schon bei zwei Grad Erderwärmung geht hier alles unter.«

»Alles?«, fragte Kenyal direkt in die Kamera. »Nein.« Der Bildausschnitt wurde größer und das Ackerland, der Hof und das Zeltdorf kamen ins Bild. Kenyal hatte plötzlich einen Gallierhelm mit Hörnern auf und sprach auf Platt.

»*Wir schreim das Jah 2030. Ganz Hamburch is inne Hant vonnie steigende Meeresspegel. Ganz Hamburch? Nee! Da giepas ein Dorf mit steifnackige Feffersäcke, die ümmer noch Sperenzien machen un sich vonnie Unnergang nich unnekriegn lassn.*« Er nahm den Helm ab und warf ihn ins zukünftige Meer, also über unsere Flutlinie hinweg. »Ja, schön wär's, wenn das so lustig wäre, isses aber leider überhaupt nicht. Das wird gnadenlose Realität. Da, wo wir uns jetzt befinden, wird die *Playa del Norte* entstehen, der Strand der zukünftigen Insel TIERRA. Und das ist kein Joke. So hoch wird die Elbe durch den steigenden Meeresspiegel das Wasser hier ins platte Land drücken und dieses Plateau, auf dem die Rusowskis ihren Bauernhof betreiben, wird ein Mahnmal werden, das an einen Stadtteil erinnern wird, den es dann nicht mehr gibt: die Vier- und Marschlande.«

Während Kenyal weiterredete, wurden Luftaufnahmen gezeigt, die Lan mit einer Drohne aufgenommen hatte. Zuerst sah man unsere Flutlinie, dann entfernte sich die Kamera immer weiter vom Boden und der Hof kam ins Bild, das Zeltdorf, die Felder, Ställe und das kleine Wäldchen, durch das ich noch vor einer Woche mit Leon geritten war. Die Bäume wurden kleiner, die Zelte, die Kühe und Traktoren, bis die gesamte Flutlinie auftauchte, ein feiner blauer Strich. Und daneben Leons Haus und die Äcker drum herum.

»So ähnlich wird das dann aussehen.« Alles außerhalb der Linie wurde plötzlich mit einer blau wogenden Wasserfläche überblendet. Ein weißer Zeichentrickhai drehte seine Runden und ein kleines Zeichentrickboot fuhr herum, das Krusos Kahn sehr ähnlich sah und einen Rattenschwanz hatte. Mein Blick aber klebte immer noch an der Stelle, wo Leons Haus zu sehen gewesen war und nun nur noch die Wasseroberfläche.

Und da holte sie mich wieder ein, die bodenlose Düsternis, legte sich über all meine Hoffnung, mit der ich in den letzten Tagen die Dinge vorangetrieben hatte, und zog mich auf den zukünftigen Meeresspiegel hinab. Alles würde untergehen. Meine geliebte Heimat. Leons Haus, mit all den schönen Erinnerungen. Ich konnte nicht mehr zuhören, sah Kenyal, wie er das Boot präsentierte, Yoda, wie sie ihre Lippen bewegte und ein Schild in die Höhe hielt. *Wir sind die Flut*, stand darauf. Es würde nie wieder so werden wie zuvor. Nie wieder würde ich mit Leon unsere Wege entlangreiten, mit demselben unbeschwerten Gefühl wie früher. Nie wieder würde ich eine Avocado so genießen können. Und nie wieder würde ich von hier oben auf meine Heimat blicken können mit dem Wissen, dass alles gut ist. Nie wieder!

»Also«, endete Kenyal, »seid plietsch, schnappt eure Ackerschnacker, teilt den Aufruf, packt eure Sachen und eilt herbei. Schwimmflügel nicht vergessen!« Er wurde von einer Welle fortgespült und als Schlussbild sah man groß die Anschrift des Hofs auf der *Wasserratte*.

»Und?« Yoda stand neben mir. »Wahnsinn, oder?«

»Ja, ist toll geworden.« Ich riss mich zusammen.

»Und weißt du, was?« Ihr ganzer Körper war gespannt wie

die Sehne eines Bogens, kurz bevor der Pfeil abgeschossen wurde.

»Na, sag schon.«

»Es geht viral! Kenyal hat es nach der Morgensitzung, die du ja *verträumt* hast, sofort hochgeladen. Alle teilen es. Und Kenyals Reichweite hat uns schon über 80.000 Follower auf @wirsinddieflut eingebracht!« Sie hüpfte auf der Stelle und stampfte dabei mit den lehmigen Gummistiefeln auf wie Pippi Langstrumpf beim Freudentanz. »Jippie. Morgen muss es in allen Medien sein. Die können das gar nicht ignorieren!« Sie hielt mir die Hand hin, damit ich einschlug, und ich tat ihr den Gefallen. »Hey, was ist los? Wo ist deine Power?« Sie rüttelte an meinen Schultern.

»Und dann? Meinst du, die Politiker ändern sofort die Gesetze, verteilen die Subventionen anders, schalten sämtliche Dreckschleudern ab und stimmen noch dazu alle Wahnsinnigen wie Trump und Bolsonaro um? Kohlendioxid ist eben kein Virus.« Die Abwärtsspirale sog mich gnadenlos an. »Und ist es nicht ohnehin schon längst zu spät?«

Yoda blickte mich entsetzt an. »Ava, was ist nur los mit dir? Hey. Willst du jetzt aufgeben und zusehen, wie es immer schlimmer wird?«

Ich spürte die Wutwelle anrollen. Sie rumorte in meinem Bauch, trieb den Herzschlag in die Höhe wie Wasserfluten eine Turbine und brach sich unaufhaltsam ihre Bahn.

»Wir sind so verflucht ohnmächtig, Yoda. Verdammt noch mal! Was wir hier machen, ist so scheiße unkonkret.« Das Blut stieg mir in den Kopf, während ich losdonnerte. »Wir sollten klare Forderungen stellen, nicht so ein allgemeines *Tut doch endlich was!* Die Hamburger Politik muss sofort handeln, ein

Gesetz beschließen oder bestimmte Maßnahmen ergreifen. Zum Beispiel für die Bauern. Für die Rusowskis. Irgendetwas, das andere Bundesländer dann kopieren können. Wir müssen einen ganz konkreten Auftrag erteilen. Und wenn der fruchtet, dann gleich den nächsten hinterherballern. Zack! Zack! Zack!« Ich legte meinen ganzen Frust in die Worte, meine Wut und Ohnmacht. Yoda hielt meine Fäuste fest.

»Irgendwo müssen wir doch anfangen. Und es läuft schon besser als gedacht.« Sie ließ meine Hände los und beugte sich vor mich, damit ich sie ansah. »Hör mal, wir werden immer mehr. Kenyal hat 'ne Menge Follower. Die meisten teilen das Video. Dazu unsere Kontakte. Erinnere dich an Rezo. Der hat was bewirkt. Jetzt sind wir dran. Kannst ja mal über *Konkretes* nachdenken. Vielleicht lässt sich was daraus machen. Jetzt haben wir jedenfalls Publikum.« Sie setzte sich neben mich. »Du bist gerade echt schräg drauf. Und ungerecht. Weißt du, was ich glaube? Ich glaube, dass du Liebeskummer hast. Jawoll. Ich sollte rübergehen und mit dem Prinzen reden.«

»Bist du verrückt?« Ich schubste sie fast von der Bank.

Yoda lachte. »Ja, das ist es. Du hast Liebeskummer.«

»Quatsch. Leon ist mein bester Freund ... war.«

Die Wutwelle verpuffte und hinterließ ein Vakuum.

»Bester Freund? Ein bester Freund, der eifersüchtig auf Kruso ist? Hm.« Sie strich sich übers Kinn.

»Du verdrehst alles.«

»Ach, tu ich das? Dann zeig mir mal euren Chatverlauf.«

»Du bist ja nerviger als meine Mutter.« Ich wollte ihr gerade mein Handy geben, als ich plötzlich zögerte und wir beide lachen mussten.

»Ach, du bist schlimm, Yoda.«
»Ja, du auch, *Prinzessin*.«
Lan lief an uns vorbei und Yoda hielt ihn am Arm fest.
»Können wir uns mal die Drohne leihen?«
»Wofür?«
»Feldforschung.«

23

Wir standen auf dem Acker, am Rand des Feldwegs, der die Grenze zwischen den beiden Höfen markierte. Yoda ließ gekonnt die Drohne aufsteigen.

»Wo hast du das gelernt?«

»Hey, ich bin eine *Digital Native*. Ich hab das im Blut.« Sie grinste verwegen, während sie weiterhin auf das Display an der Fernbedienung blickte. »So, jetzt musst du mit reingucken. Das Haus kommt ins Bild.«

»Ich hab gar kein gutes Gefühl dabei. Wenn das schiefgeht ... Und was suchen wir überhaupt?«

»Ich weiß nicht. Vielleicht finden wir irgendetwas, das dich aufheitert.« Und wie aufs Stichwort sah ich plötzlich Nonno und Ulysses mit einigen anderen Pferden auf der Koppel.

»Das ist mein Pferd«, sagte ich und zeigte auf dem Display auf Ulysses.

»Dein Pferd?«

»Na ja, vielleicht irgendwann mal mein Pferd ... Obwohl, vermutlich eher nicht. Nein. Das Pferd, auf dem ich viel geritten bin. Ulysses.«

»Schöner Name.«

»Ja, hat Konrad ihm gegeben, weil es anfangs immer umhergeirrt ist und mich gesucht hat.«

»Konrad?«

»Klamm. Ist mein Patenonkel.«

»Oha. Das ist vielleicht mal 'ne Neuigkeit. Wusste gar nicht, dass du so tief drinsteckst in der Familie.« Auf dem Display tauchte plötzlich ein Mann auf, der aus dem Haus kam.

»Ivko!«, riefen wir gleichzeitig. »Was macht der denn da?« Ivko lief im Eilschritt in unsere Richtung. »Er ist gleich hier. Und jetzt?«

»Wir verstecken uns.«

»Und die Drohne?« Es war schon zu spät. Ivko hatte uns gesehen. Er blieb stehen, starrte uns an und blickte dann in den Himmel, bis er die Drohne entdeckt hatte.

»Shit.« Yoda dirigierte sie wieder in unsere Richtung. »Jetzt ist es egal.« Während Ivko auf uns zulief, ließ sie das Gerät auf dem Acker landen.

»Das heitert mich jetzt wahnsinnig auf«, sagte ich grimmig.

Ivko war mittlerweile bei uns angekommen. »Ihr seid ja kleine Schnüfflerinnen. Soso.« Er wirkte eher belustigt als verärgert. »Hat es sich gelohnt?«

»Das wird sich noch herausstellen.« Yoda zeigte auf seine Hand, in der er ein paar Papiere hielt. »Sag bloß, du hast angeheuert?«

Ivko schnalzte mit der Zunge, wie Sybill es manchmal tat. Er schien ungewohnt gut gelaunt.

»Und wenn?« Er verarschte uns, klare Sache.

»Dann könntest du unser Maulwurf sein.«

Ivkos dunkle Augen blitzten auf und ein höllisch lautes Lachen schüttelte ihn. »Das ist der beste Witz, den ich seit Wochen gehört habe.« Er klopfte Yoda etwas zu grob auf die Schulter. »Gefällt mir.« Er blickte mich an. »Was wollt ihr denn herausfinden? Wie oft Leon aufs Klo geht und ob er ein Quietscheentchen mit in die Wanne nimmt?«

»Zum Beispiel.« Yoda schien das Spielchen zu gefallen. »Oder vielleicht, ob jemand auf zwei Hochzeiten tanzt.«

Ivko lächelte und es sah tatsächlich nett aus.

»Mit dir tanz ich auf jeder Hochzeit, Babe.« Nun lachte Yoda. Ich hatte das Gefühl zu stören.

»Ich glaub, ich muss mal Kruso helfen. Der streicht heute sein Boot.« Ich rief Poppy und machte mich *vom Acker*, im wahrsten Sinne des Wortes.

»Ich komm gleich!«, rief Yoda mir hinterher. Aber ich war im Grunde froh, ein wenig allein zu sein. Seit ich bei den Rusowskis angekommen war, hatte ich kaum eine Sekunde für mich gehabt. Sogar das Zelt teilte ich mir mit Yoda, und wenn ich morgens aus dem Schlafsack kroch, war sie immer schon wach, checkte die Nachrichten auf ihrem Handy und informierte mich sofort über alle Neuigkeiten.

Das Wetter war immer noch traumhaft und Sonnenauf- und -untergang gehörten für mich zu den schönsten Momenten des Tages. Dann legte sich eine goldene Milde über die weite Landschaft, und jedes Geräusch, das aus der Ebene den Hügel hinaufrollte, wirkte wie durch einen Verstärker geschickt: krähende Hähne, das Schlagen der Kirchturmuhr, ein Schwarm Vögel, der zwitschernd den Tag begrüßte oder verabschiedete, und das ferne Hupen der großen Pötte, die im Hafen ankamen und abfuhren. Mein Handy vibrierte in der Tasche. Mama.

»Ava. Geht es dir gut?«

»Ja, alles bestens.«

»Leon hat mir einen Link geschickt. Dieses Video von dem Typ mit den grünen Haaren.«

»Leon?«

»Nein, Kajal heißt er, glaube ich.«

»Leon hat es dir geschickt?« Mein Herz hämmerte sofort los.

»Ja. Um ehrlich zu sein ... ich hatte ihn gebeten, mich auf dem Laufenden zu halten. Von dir höre ich ja fast gar nichts.«

»Du hast Leon gebeten ...?«

»Klar. Wen sonst?«

»Aber Leon macht doch gar nicht mit.«

»Eben. Er hat offensichtlich mehr Zeit. Und das Video ist echt spitze! Sehr modern und gleichzeitig aufrüttelnd.«

»Ja.« Ich dachte nur noch an Leon und hörte ihr kaum mehr zu. Leon hatte ihr das Video geschickt. Das war einfach nur wundervoll. Es ließ ihn also doch nicht kalt, was wir hier veranstalteten.

»Ute ist zurzeit bei uns. Sie findet es auch toll, hat aber gerade ein paar Probleme und übernachtet hier.« Mamas Stimme drang dumpf zu mir durch.

»Wie? Bei dir auf dem Sofa, oder was?«

Mama lachte. »Nein. Tatsächlich schläft sie in deinem Bett. Ist doch okay, oder?« Das wurde ja immer verrückter.

»Äh ...« Ich dachte an meine unterste Schreibtischschublade, in der ich lauter peinliche *Leon-Reliquien* aufbewahrte. »Ist okay.« Was hätte ich auch sagen sollen? »Und welche Probleme hat sie?«

»Ist eine lange Geschichte. Und ich glaube, sie will nicht, dass ich darüber spreche. Ich sage nur: Konrad. Er hatte Geheimnisse.«

»Eine Frau?«

»Nein, Konrad doch nicht. Der würde sich eher in seine Drohnen und Traktoren verlieben als in eine andere Frau.« Sie lachte.

»Und was ist mit Papa?«
»Ja, mit dem fing es an.«
»Was?«
»Er hat sich mit Konrad gestritten.«
»Papa und Konrad? Niemals.«
»Doch. Aber das kann ich dir jetzt nicht alles erzählen. Ich muss zu Frau Rossnagel. Eure Direktorin will eine Erklärung.«
»Oh, Mist.«
»Mach dir mal keine Sorgen. Papa ist auch dabei. Der kriegt das schon hin. Und Leon hat dich in der Schule ritterlich verteidigt und gesagt, dass du immer mit ihm den Unterrichtsstoff nachholen würdest. Eine gute Idee, finde ich. Tschüss, mein Schatz.« Und schon war sie weg und mein Hirn explodierte fast, so viele Fragen hatten sich innerhalb der letzten Minuten darin angesammelt. Aber was alles andere in den Hintergrund drängte: Leon hatte *für mich* gelogen. Und verfolgte offensichtlich unsere Aktivitäten. Das war die beste Nachricht des Tages. In einem Video von Kenyal wären jetzt lauter Herzchen über das Display geschwebt.

Noch am selben Abend schickte ich ihm eine Nachricht: *Danke* und ein Löwen-Emoji. Sofort waren die beiden Häkchen blau. Ich stellte mir vor, dass er lächelte und seine *Wahrsagekugeln* leuchteten wie auf seinem Profilbild. Dann sah ich, dass er schrieb … und schrieb … und schrieb. Ich starrte die ganze Zeit auf das kleine Wörtchen und wartete, während die anderen sich um das Lagerfeuer versammelt hatten, während sie lachten und planten. Und dann war Leon plötzlich offline, ohne auch nur eine Zeile abgeschickt zu haben.

24

Als ich am nächsten Morgen aus dem Zelt kroch, war die Hölle los. Mehrere Kamerateams liefen herum und interviewten jeden, der ihnen vor die Linse kam. Der Feldweg, der die Einfahrt zum Grundstück darstellte, füllte sich mit Fahrzeugen. Vollbepackte Radfahrer ächzten den Hügel hinauf und überall wurden neue Zelte errichtet. Ein Lärm wie auf dem Rummel erfüllte die Luft und mein geliebter Blick in die Ferne war nun von einem großen Tipi verstellt, an dem Bienenkostüme hingen. Kruso schien der einzige ruhende Pol in diesem Gewimmel zu sein, stand an seine frisch gestrichene *Wasserratte* gelehnt, mit wilder, etwas zu langer Mähne, und beobachtete das Treiben. Ich ging zu ihm.

»Moin, Genosse.« Er lächelte. »Kannst du bitte kurz für mich zusammenfassen, was hier los ist?« Ich war es inzwischen gewohnt, dass Kruso erst mal an mir vorbei in die Ferne blickte und es ewig dauerte, bis er antwortete. In der Zwischenzeit wickelte ich das Tuch von Sybill um meine schwarze Mähne.

»Das Video.« Kruso sah mich endlich an. »Mehr Klicks, als Hamburg Einwohner hat.«

»Uiii, das ist 'ne Menge! Wie viele Einwohner hat Hamburg?«

»1,8 Millionen.«

Ich starrte ihn an. »Nein.«

»Doch.«

»Das ist ja unglaublich!«

»Papa will die Polizei holen.«

»Was?«

»Weil das hier Privatbesitz ist und die Leute alles zukoten und niedertrampeln. Und es gibt da auch so ein paar niedere Subjekte, die im Netz verbreitet haben, hier würde eine Party der Linksextremisten stattfinden.«

»Was? Das ist ja schrecklich!«

»Ja, aber Kenyal hat schon gepostet, dass es nicht stimmt. Und Mama hat gedroht, dass sie Papa verlässt, wenn er die Polizei holt.«

»Und jetzt?«

»Ich weiß nicht. Er war nicht nett zu ihr. Da bin ich raus.«

»Und Ivko?« Er zuckte mit den Schultern.

Ich blickte mich um. Immer mehr Autos schlängelten sich die schmale Straße herauf. Sogar ein Rettungswagen parkte inzwischen am Feldrand. Der Rasen war völlig zertrampelt. Ein Kind weinte. An der Scheunenwand waren unzählige Schilder abgestellt worden mit Parolen wie: *Our House is on Fire*, *Wir haben nur die eine Erde* oder *Rise like the Ocean*. Auch eine gemalte Biene mit Gasmaske war darunter. Lan stand mit der Fernbedienung der Drohne daneben und blickte auf das Display. Zu seinen Füßen urinierte ein Cockerspaniel. Wo war Poppy?

»Hast du Poppy gesehen?«

Kruso zeigte in Richtung des Hauses. »Vorhin war sie bei uns in der Küche.« Ich rannte sofort los, stieß die Tür auf, hörte Bruno aus dem Büro *Raus!* brüllen und eilte in die Küche, wo ich Sybill fand, die gekrümmt auf der Bank saß. Über ihr das Deckchen mit dem Spruch *Wenn du im Herzen*

Frieden hast, wird dir die Hütte zum Palast. Sie weinte. Poppy saß auf ihrem Schoß und leckte ihre Hände.

»Es tut mir leid.« Ich setzte mich auf einen Stuhl am Tisch. Sie blickte erschrocken auf und wischte sich sofort über die Augen. Lächelnd gab sie Poppy einen Stupser, die zu mir kam und gleich auf meinen Schoß hüpfte.

»Ava, was tut dir denn leid?«

»Alles. Wir haben in euren *Palast* ...« Ich zeigte auf das Deckchen. »Wir haben Unfrieden gebracht.«

»Ihr doch nicht. Der Unfrieden war hier schon lange, bevor ihr gekommen seid. Im Gegenteil. Ihr bringt endlich frischen Wind. Bruno kann das nicht ignorieren. Du wirst sehen.« Kruso kam herein. Sybill streckte die Hand in seine Richtung aus. Er ging zu ihr und setzte sich neben sie.

»Wir sind mehr, Karl, Ivko und ich. Wir wollen alle, dass sich etwas ändert. Ach, er im Grunde auch. Aber dieses bescheuerte Versprechen, das er seiner Mutter gegeben hat ...«

»Welches Versprechen?«

Sie seufzte. »Die Tradition des Hofes zu wahren. Nichts zu ändern. Sie hat ihm das Versprechen auf dem Totenbett abgenommen. Und dieser Dummkopf hat Ja gesagt.« Sie sah Kruso an. »Und es hat ihn fast das Leben gekostet.«

»Kruso?«

»Nein, Bruno.«

»Was erzählst du denn da?« Bruno stand im Türrahmen, den Laptop unterm Arm. Er blickte mich an. »Bist du das Mädchen?«

»Ja«, sagte Sybill und stellte sich schützend vor mich. »*Das Mädchen.* Sie heißt Ava. Und ich bin ihr sehr dankbar.«

»Und wo ist der Nichtsnutz?«

Kruso drückte sich an die Wand und ich fragte mich, ob er gemeint war.

Sybill schlug mit der flachen Hand auf den Tisch. »Es reicht, du treibst ihn noch aus dem Haus!«

»Er hat alles durcheinandergebracht!« Bruno hob den Laptop hoch. »Er hat doch tatsächlich Klamm beschuldigt, selbst für die hohen Nitratwerte im Wasser verantwortlich zu sein. Verdammt! Er handelt uns nur noch mehr Ärger ein. Jetzt kommt es zum Gerichtsverfahren. Dazu Krieg mit dem Nachbarn, der sich zudem die besten Anwälte leisten kann. Und jetzt tobt hier auch noch diese ungezogene Horde herum und scheucht das Vieh auf!«

Sybill ging auf ihn zu. »Du meinst wohl die sechs abgemagerten Kühe im Stall? Oder vielleicht die Schädlinge, die den Mais befallen haben?« Sie hob drohend einen Zeigefinger. »Der Einzige, der sich hier aufführt wie ein Irrer, bist du. Hast du mal *vernünftig* mit Ivko gesprochen? Hast du ihn mal gefragt, wie er auf diese Anschuldigungen kommt? – Nein. Eben nicht. Aber genau das hättest du mal tun sollen. Er hat den Hof, beziehungsweise das, was von ihm übrig ist, bestens verwaltet, während du weg warst. Und er hat endlich die Anträge auf Entschädigung für das letzte Dürrejahr eingereicht, was du nur vor dir hergeschoben hast wie eine lästige Bagatelle.«

Bruno beugte sich zu ihr hinunter, mit einem Blick, düster wie die Nacht. »Dann hätte er mich wohl besser verrecken lassen sollen.« Damit drehte er sich um und stapfte donnernd davon.

Sybill fing wieder an zu weinen und verbarg ihr Gesicht in den Händen. Kruso stand auf und umarmte sie.

»Ich hatte so gehofft, die Kur ...« Ihre Stimme brach. Sie drückte Kruso an sich, dann nahm sie ihre Handschuhe und einen Eimer mit Hühnerfutter und ging hinaus. Kruso und ich blieben zurück, sahen uns stumm an. Sein Blick war plötzlich klar und direkt, als hätte sich ein Nebel gelichtet.

»Jetzt weißt du es«, sagte er und lächelte. »Ist mir ehrlich gesagt lieber so.«

»Was?«

»Papa hatte den Strick schon um den Hals, gleich nachdem die Anzeige kam. Ivko war zufällig da, hat ihm das Seil abgenommen und ihn angebrüllt, dass er ihm die Zukunft versauen würde, und mir dabei eine verpasst, als ich reinkam und ihn beruhigen wollte.« Er zeigte auf die Narbe an seiner Schläfe. »Aber dadurch wurde Papa gerettet. Das hat er Ivko nicht verziehen. Und Ivko kann Papa nicht verzeihen, dass er ihm die Mutter genommen hat. Na ja, genommen ...« Kruso sah zu dem Deckchen an der Wand. »Sie ist krank geworden. Er hat keinen Arzt geholt, dachte, das würde von allein wieder weggehen. Ging es aber nicht. Waren die Masern. Und Ivko war erst fünf.« Ich war so schockiert, dass ich erst mal gar nichts sagte. »Sybill war Ivkos Tagesmutter.« Er grinste. »Und dann kam ich.«

Ich hatte geglaubt, schlimmer könnte es nicht werden. Es war ja so längst schrecklich genug. Aber derart viel Leid in einer einzigen Familie, das kannte ich nur aus den Nachrichten. Ich nahm ergriffen Krusos Hand und drückte sie.

»Tut mir wirklich leid.«

»Ist schon in Ordnung. Ich lebe bereits eine Weile damit. Hab mich dran gewöhnt.«

»Wie kann man sich an so was *gewöhnen*?«

»Indem man sich nicht so wichtig nimmt.« Kruso blickte mich verblüfft an. Er schien selbst überrascht von seiner Antwort, als hätte er unbedacht ein Geheimnis über sich preisgegeben.

Ich rüttelte kräftig an seiner Hand.

»Kruso. Ohne dich wären wir alle überhaupt nicht hier! Für uns bist du sehr wichtig.« Er lächelte nachdenklich. »Komm!« Ich zog ihn Richtung Ausgang. »Jetzt kümmern wir uns wieder um den *frischen Wind of Change*.«

Als wir nach draußen kamen, wurde gerade unter lautem Gejohle ein riesiger Wal aus Plastikmüll unterhalb der zukünftigen Wasserlinie aufgestellt. Eine Umweltschutzorganisation hatte ihn uns angeboten. Ein paar Meter entfernt stand ein Schild mit einem gezeichneten Delfin und dem Kommentar: *Bald Delfinschwimmen in Hamburg*. Ein Laster fuhr geradewegs auf uns zu. Er hatte Toilettenhäuschen geladen.

»Moin.« Der Fahrer hielt neben uns. »Wohin mit den stillen Örtchen?« Das musste ein Irrtum sein.

»Hat die jemand bestellt?«

Der Mann lachte. »Na klar, mien Deern. Denkst du, ich fahr hier aus reiner Wohltätigkeit rum?«

»Wäre ja nett.«

»Ist sozusagen ein *Geschenk* von Ute.« Kruso zeigte in Richtung der Scheune. »Am besten dahinten, neben dem Stall.«

Der Fahrer hielt eine Hand grüßend an die Stirn und fuhr weiter.

»Von Ute?«

»Ja, einerseits verhindert sie damit, dass die Leute in die Felder koten, andererseits ist das ihre Möglichkeit, uns zu unterstützen, ohne dass Konrad komplett durchdreht. Er scheint sogar schon mit einer Mauer gedroht zu haben.«

Und wieder fiel es mir schwer zu glauben, dass mein Patenonkel so etwas tun könnte.

»Wie kommt es eigentlich, dass Ute und deine Mutter befreundet sind, obwohl Bruno und Konrad sich zoffen?«

»Sagen wir mal so: Sie trotzen dem Groll. Und warum sind deine Eltern mit Leons Eltern befreundet, obwohl ihr euch zofft?« Das zog mir den Stecker. Ich schnappte nach Luft und rang um eine Antwort. Aber allein, dass Kruso von meiner Funkstille mit Leon wusste, machte mich unsäglich traurig. Dadurch wurde es noch realer und ich konnte mir nicht mehr einreden, es ginge einfach so vorüber. Kruso bemerkte meine Not und legte mir sofort eine Hand auf den Arm.

»Tut mir leid. Das wollte ich nicht.«

»Ist schon gut. Du hast ja recht.«

»Vor 20 Jahren waren Konrad und mein Vater noch Freunde«, sagte Kruso. »Dann ging das Höfesterben um uns herum los. Konrad begann, sie entweder zu übernehmen oder zu pachten. Mein Vater bewarb sich auch um Land, bekam aber nie den Zuschlag. Dann fand er heraus, dass die Stadt die meisten Flächen aufkaufte und immer Konrad zuteilte. Er ist gut vernetzt in der Politik und ein großer Fisch im Bauernverband. Er hat Beziehungen. Da geht es nicht immer mit rechten Dingen zu. Mein Vater beschwerte sich bei der Stadt. Seitdem ist Funkstille zwischen den beiden und die Klamms sind inzwischen fett im Geschäft, während wir …« Er zeigte in Richtung der maroden Felder. »Und als auch noch Papas erste Frau starb, musste er sich allein um einen Fünfjährigen kümmern, der ihm bis heute vorwirft, sie auf dem Gewissen zu haben. Na ja, dann kam zum Glück Mama. Die hilft immer allen und kümmert sich zusammen mit Ute um kranke Tiere, meistens von Klamms Acker. Die Männer bekämpfen sich also, während die Frauen auf *Friedensmission* unterwegs sind.« Er hatte so nüchtern gesprochen wie in einem Zeugenstand vor Gericht. Es war verwirrend. Ich konnte mir bei Kruso nicht vorstellen, dass er log. Aber über Konrad, den ich schon mein ganzes Leben lang kannte und der immer äußerst großzügig zu mir gewesen war, jetzt solche schrecklichen Dinge zu hören, brachte meine ganze innere Ordnung durcheinander. Beziehungsweise das, was von ihr noch übrig geblieben war. Klar, seine Geschäfte waren immer schon so geheim wie Papas Mandantenakten. Nicht einmal Leon durfte sein Büro betreten, was ich nie verstanden hatte. Aber dass sich in diesem Büro, in dem wir als Kinder Geschenke aufgespürt hatten, tatsächlich Kriminelles abspielen sollte, das konnte ich einfach nicht glauben. Und da war er wieder, Leon. Ich brauchte nur eine Sekunde an ihn zu denken, schon befiel mich diese Düsternis. Ich vermisste ihn unendlich.

»Und Leon und du?«, fragte ich Kruso. »Ihr sprecht nicht miteinander.«

»Hm. Ute mag mich.«

»Ja und?«

Er zuckte mit den Schultern. »Ich helfe halt auch immer, wenn Not am Mann ist. Und ich will später als Landwirt auf dem Hof arbeiten. Leon nicht. Der möchte, glaube ich, lieber Sportmoderator werden, stimmt's? Hat Ute mal erzählt. Und außerdem hat Leon mir um die Ohren gehauen, dass ich mich bei seiner Mutter einschleimen würde.« Kruso verzog den Mund. »Konrad macht es ihm aber auch nicht leicht. Der lässt ja niemanden in seine *Schaltzentrale*. Wie soll man da andocken? Und wenn der mal ausfällt ... Keine Ahnung, wer da einspringen soll.«

»Ivko«, schlug ich vor.

Kruso lachte. »Nee, der wär sicher der Letzte.« Eine Biene ließ sich auf seiner Hand nieder. Kruso bewegte sich nicht. Ich schwieg und dachte daran, wie Ivko mit Papieren aus Klamms Haus gekommen war und ziemlich gut gelaunt schien. »Wenn man vom ... Nachbarn spricht.« Kruso zeigte am Tipi vorbei in Richtung des Rettungswagens. Direkt daneben stand Leon und blickte mich an. Ich musste mich beherrschen, um ihm nicht jubelnd und mit ausgebreiteten Armen entgegenzurennen und seinen Namen tausendfach über den Platz zu brüllen. »Ich mach dann mal weiter«, sagte Kruso und ich fragte nicht, womit.

Ich ging mit *angezogener Handbremse* auf Leon zu, unbändig glücklich, ihn zu sehen, aber auch verunsichert aufgrund der neuesten Informationen über Konrad. Wusste Leon etwas darüber? Und was davon stimmte überhaupt?

»Hi.«

»Hi. Alles klar?« Er trug ein T-Shirt, das ich ihm geschenkt hatte. Darauf war ein Löwe mit Menschenkörper zu sehen, der einen Hut auf dem Kopf und eine Forke in der Hand hatte.

»Ja. Und bei dir?«

»Geht so. Schule halt.«

»Danke noch mal.«

Er nickte. »Kein Ding. Aber damit ich keinen Ärger bekomme, sollten wir tatsächlich ...« Er hob den Rucksack an, den er dabeihatte.

»Lernen?«

»Ja, warum nicht?«

Ich blickte mich um. Alice und Kenyal wurden von Fernsehteams interviewt. Schmu und Max wiesen Neuankömmlinge ein, Yoda stand neben den Toilettenhäuschen und sprach mit dem Lkw-Fahrer. Niemand schien mich gerade zu vermissen. »Lass uns woanders hingehen.«

Wir schlenderten den Feldweg entlang auf *unser* Wäldchen zu. Es fühlte sich merkwürdig fremd an, obwohl wir uns seit Ewigkeiten kannten. Dabei roch er so vertraut und sein Blick nieselte in mein Herz wie ein lang ersehnter Sommerregen.

»Hab ich viel verpasst?«

»Sagen wir mal so: Global betrachtet hab ich wohl mehr verpasst.«

»Ich kann dir auch Nachhilfe geben.«

Er lachte. »Nee, danke. Ist ja alles auf YouTube und Instagram zu finden.«

»Und der Unterrichtsstoff nicht?«

»Hm. Erörterung, Algebra, *The Holes*, Quallen ... Doch. Du hast recht. Müsste alles zu finden sein. Na dann ...« Er hob eine Hand zum Gruß.

»Stopp.« Ich hielt ihn am Arm fest. »Quallen interessieren mich brennend.«

Wir blieben stehen. Er sah mich an und lächelte. »Gute Wahl. Die werden uns alle überleben, können viel mehr Wärme aushalten als wir und haben kein Gehirn, um sich so einen Mist auszudenken wie wir. Vielleicht solltet ihr neben eurem Wal und dem Delfin noch eine glückliche Qualle installieren mit der Aufschrift: *Jippie, endlich wird es warm!*«

»Hey, tolle Idee! Du solltest bei uns mitmachen.«

Er winkte ab. »Irgendwer muss dir doch in der Schule den

Rücken freihalten, damit du die Welt retten kannst.« Seine *Wahrsagekugeln* leuchteten. Alles schien wieder möglich. Leon hatte die Macht, mit ein paar Worten das Leuchten in mir an- und auszustellen wie mit einem Lichtschalter.

»Wie geht es Ulysses und Nonno?« Ich musste das Thema wechseln, sonst wäre ich rot angelaufen.

»Sie fragen ständig nach dir und Ulysses betrinkt sich laufend. Ab morgen kommt er auf Entzug und beginnt eine Gesprächstherapie.«

Ich prustete los. »Der Arme.«

»Ja, allerdings. Es würde ihm sicher helfen, wenn du dich mehr um ihn kümmern würdest. Ich glaube, er fühlt sich vernachlässigt. Vielleicht wäre es eine gute Maßnahme, wenn du mit ihm und seinem Therapeuten ausreiten würdest.«

»Wer ist denn sein Therapeut?«

»Na, ich.«

»Hier bist du!« Yoda sprang auf mich zu. »Mensch, ich hab dich überall gesucht. Du musst ein Interview geben!«

»Ich?«

»Ja, schnell!« Sie blickte Leon an. »Sorry.«

»Muss das sofort sein?« Ich wäre gerade bereit gewesen, alles sausen zu lassen, um einfach mit Leon *seine Ländereien zu durchschreiten* und so zu tun, als wäre die Welt in Ordnung.

»Na klar, sofort. Die Fernsehfuzzis warten doch nicht, bis du deinen Spaziergang beendet hast.«

»Kannst du nicht mit ihnen sprechen?«

»Nein. Sie haben nach dir gefragt.«

»Warum?«

»Keine Ahnung.«

Ich sah Leon an. »Wartest du?« Er nickte.

Und schon zog mich Yoda in Richtung *Wasserratte*, wo ein Kamerateam stand.

»Da ist sie!«, rief Yoda den beiden Frauen schon von Weitem zu. Und sofort machten sie sich bereit für die Aufnahme. Die Kamerafrau platzierte sich so, dass das Boot mit der Fahne im Bild war. Die andere, deutlich ältere Frau stellte sich mit dem Mikrofon bereit.

»Sehr gut«, sagte sie. »Dann wollen wir mal.« Sie gab der Kamerafrau ein Zeichen. Ich war völlig überrumpelt, warf Yoda noch einen grimmigen Blick zu, weil sie mich nicht vorgewarnt hatte, und stellte mich in Position. »Frau Slevogt, Sie sind eine Mitschülerin von Karl Rusowski und haben vermittelt. Stimmt das?«

»Ja.«

»Was sagt denn Ihr Vater dazu?« Ich stutzte. Was hatte das denn mit dem steigenden Meeresspiegel zu tun?

»Warum?« Über meinen Vater wollte ich nun wirklich nicht sprechen.

»Immerhin ist er ein bekannter Anwalt und steht gewöhnlich auf der Seite des Geldes.« Die Frau lächelte mich an. Etwas lief hier ganz und gar nicht gut. Ich sah verwirrt zu Yoda, die außerhalb des Aufnahmewinkels stand und Grimassen schnitt, die eindeutig bedeuten sollten, dass sie auch keine Ahnung hatte.

»Äh …«, machte ich und blickte sie Hilfe suchend an. Yoda zog eine Hand über ihre Kehle wie ein Messer. Ich begriff. »Darum geht es doch hier gar nicht.« Ich fand meine Stimme wieder. »Mit meinem Vater hat das alles überhaupt nichts zu tun. Wir sind hier, um darauf aufmerksam zu machen, dass der Meeresspiegel rasant steigt und die Politik dringend handeln muss, um den CO_2-Ausstoß zu verringern.« Yoda deutete Applaus an. »Dieser Hof hier wird in ungefähr zwanzig Jahren auf einer Insel liegen. Erschreckend, oder? Aber niemand tut etwas.«

»Ja, dazu hat uns Ihre Mitstreiterin Alice Kunaro schon Auskunft gegeben. Aber wir würden gerne noch wissen, wie Sie es geschafft haben, dass Ihr Vater nun die Rusowskis vertritt, wo er doch mit den Klamms befreundet ist?« Was? Ich verstand nur Bahnhof. Wer vertrat hier wen? Warum? Und wie kamen die darauf? Ich blickte schnell wieder zu Yoda, die nun mit offenem Mund die Journalistin anstarrte.

»Kein Kommentar«, sagte ich knapp und lief einfach zu den neuen Klohäuschen, öffnete die erste Tür und schloss sie von innen ab. Puh! What? Papa und die Rusowskis? Ich zog mein Handy aus der Tasche und rief ihn an, aber er nahm nicht ab. Dann sah ich eine Nachricht von Leon: *Muss was für Papa erledigen. Komme morgen wieder.* Und eine von Mama: *Wundere dich über nichts.* Sollte es also tatsächlich stimmen? *Pling!* Noch eine Nachricht. Diesmal von Ute: *Darf ich dein Fahrrad benutzen? Und wenn ja, wo ist der Schlüssel?*

Sie war also immer noch bei uns. *Klar*, schrieb ich. *Im Schreibtisch, unterste Schublade.* Und dann wurde mir heiß, denn das war dieselbe Schublade, in der ich auch meine *Leon-Reliquien* aufbewahrte. Zu spät. Es klopfte.

»Ava, hier ist Yoda. Bist du da drin?«

»Ja.«

»Ich wusste nichts davon. Bitte glaub mir.«

»Ich glaube dir.«

»Dein Prinz ist leider davongestürmt. O Mann, shit. Woher haben sie das über deinen Vater?«

Ja, woher? Ich wusste es nicht. Ich versuchte noch einmal, Papa zu erreichen, aber er ging wieder nicht ran. Ich wusste langsam überhaupt nichts mehr. Das Einzige, was sicher war und worum es hier eigentlich ging, war die verdammte Klimakrise. Deswegen waren wir hier. Die Wutwelle rollte wieder an und fegte all die verwirrenden Fragen zur Seite. Ich riss die Tür auf.

»Yoda, lass uns mit Alice sprechen. Jetzt geht's los!«

25

Alice trommelte unsere Kerntruppe zusammen. Wir trafen uns im geschlossenen Armeezelt und ich erklärte, was wir vorhatten. Alle stimmten meinem Plan zu. Auch Kruso. Also sprach ich wieder mit Ivko, aber ohne meinen Vater zu erwähnen. Nichts sollte von meinem Anliegen ablenken. Und diesmal nahm er mich endlich ernst.

»Und Bruno?«

»Ich red mit ihm.« Ivko saß am Schreibtisch und ließ sich mit im Nacken verschränkten Händen in die Lehne sinken. »Er wird zustimmen.«

»Bist du sicher? Und die Tradition? Sein Versprechen auf dem Totenbett?«

Ivko schnalzte mit der Zunge. »Tja, ich hab ihm wohl ein unschlagbares Gegenargument geliefert.« Er grinste, offensichtlich nicht gewillt aufzudecken, worum es ging. Ich dachte wieder an seinen geheimnisvollen Besuch bei Klamms. Erpresste er seinen Vater etwa damit, dass er dort anheuern würde, sollte dieser nicht zustimmen?

»Wo ist er überhaupt?«

Ivko lachte. »Das glaubst du mir eh nicht.« Das Telefon klingelte und er wedelte mich mit seinen Pranken aus dem Büro. Aber das Wichtigste war geklärt. Die Vorbereitungen konnten starten.

Sybill blühte wieder auf. In den folgenden Tagen band sie sich die buntesten Tücher ins Haar, drückte mich bei jeder Gelegenheit an sich und sagte ständig Sachen wie: *Ihr seid einfach wundervoll* und *Dass es so etwas noch gibt*. In der Küche über den Bierkisten hing plötzlich ein weiteres Deckchen: *Kommt der Zorn, geht der Verstand.*

Mama und Ute lieferten palettenweise Lebensmittel und wurden dafür von der Gemeinschaft gefeiert. Sie hatten sogar ein paar Bleche Kuchen gebacken. Ich war richtig stolz auf Mama. Sie brachte mir auch frische Klamotten und sagte, das mit der Schule sei *geregelt*, als stünden nun alle Parameter für einen geheimen Deal auf Grün. Dabei hielt sie sogar einen Finger vor den Mund.

»Und sonst so?«, fragte ich betont beiläufig, um mir nicht anmerken zu lassen, dass ich darauf brannte, mehr über Leon zu erfahren.

»Es wird dich freuen zu hören: Ich schlafe wieder bei Papa.« Sie schien sich spitzbübisch zu freuen und machte dabei Grimassen, als hätte sie gerade ein Blind Date am Start. »Heute brauchen wir das Sofa aber auch – für Leon.«

»Was?« Mir fiel fast der Kuchen aus der Hand, den ich noch schnell ergattert hatte, bevor sich die Horde über die Bleche hermachte.

»Alles halb so wild. Er will mal wieder was Richtiges futtern und wir haben ihn zum Abendessen eingeladen. Konrad kocht nicht, schiebt jeden Tag Pizza in den Ofen und kauft nichts ein.« Mama grinste. »Lange hält er das nicht mehr durch. Der kommt bald angekrochen und bittet Ute, nach Hause zurückzukehren. Noch können ihm seine ganzen Roboter und Maschinen nichts kochen.«

»Und warum geht Leon danach nicht wieder heim?«

Mama hob die Schultern. »Keine Ahnung.« Ihre Augen kullerten lustig hin und her. »Zurzeit geht es drunter und drüber. Ich blick schon gar nicht mehr durch.«

»Frag mich mal.«

»Und das Verrückteste ist: Bruno war sogar bei uns.«

»Bruno Rusowski?«

»Ja, hat Sybill dir nichts erzählt? Oder ihre Söhne?«

»Äh. Ivko hat was angedeutet.«

»Wegen der Anzeige. Michael kümmert sich darum.«

»Was? Aber die Anzeige ... war die nicht von Konrad?«

»Du hast es erfasst. Ich sag ja, es geht drunter und drüber.«

Sybill kam aus dem Haus und reichte Mama die Hand. »Hallo Lea. Nun lernen wir uns endlich mal außerhalb der Schule kennen.«

»Ja, hallo Sybill. Danke, dass du den jungen Menschen hilfst.«

»Das ist doch selbstverständlich. Außerdem helfen sie uns noch viel mehr. Selbst Bruno scheint wieder Mut zu fassen.« Sie strich mir über den Arm. Das hörte ich zum ersten Mal. »Er war heute mit Ivko beim Amt, wegen der Entschädigung für den Dürresommer. Wir waren etwas spät dran.«

Der Gong wurde geschlagen, den Sybill aus *Queen Mums* guter Stube entwendet hatte, um uns zu helfen, die wachsende Masse zusammenzuhalten. Ich hatte sie gefragt, ob Bruno nichts dagegen hätte, und sie hatte nur schelmisch gegrinst und die Melodie von *Wind of Change* gesummt. Ich hörte Poppy bellen, die immer ausrastete, wenn es gongte. Jetzt ging es los. Die große Versammlung!

Als ich mich umdrehte, lief ich direkt in Maya. Sie hatte einen Schlafsack unter dem Arm und einen Rucksack auf.

»Ah, endlich ein vertrautes Gesicht!« Sie setzte den offensichtlich sehr schweren Rucksack ab und warf ihn neben sich auf den Boden. »Puh! Das Zelt wiegt Tonnen.«

»Du willst mitmachen?« Ich umarmte sie stürmisch. »Das ist großartig!«

»Ja, ohne dich macht Tanzen keinen Spaß.« Sie grinste. »Und die Schule ist gerade *un grand bordel*, wie der Franzose sagt. Chaos pur.« Sie blickte sich um. »Aber hier ist ja auch richtig was los!«

»Allerdings. Das Video hatte fast zwei Millionen Klicks! Aber ich fürchte, bald ist die kritische Masse erreicht und der alte Rusowski rennt hier mit 'ner Schrotflinte rum und knallt die Ersten ab.« Maya sah mich erschrocken an. »Quatsch, das war nur Spaß. Ich freu mich riesig, dass du da bist!«

»Ja, du hast mich überzeugt.« Sie zeigte auf einen Button an ihrem T-Shirt, auf dem *Wir sind die Flut* stand. Nicht so ein krakeliger Amateurbutton, sondern ein Profiteil, auf dem sogar der geflügelte Wal drauf war.

»Hey, wo gibt's die denn? Hab ich noch gar nicht gesehen.«

»Werden in der Schule verteilt. Ich glaub, die Eltern von dieser Alice haben sich da ins Zeug gelegt.«

»Toll, davon hat sie gar nichts erzählt!«

»Ihr seid ja hier auch mittendrin und braucht keine Buttons, oder? Übrigens legen sich Saskia, Sally und David bei der Rossnagel schwer ins Zeug. Sie wollen, dass die Schule *Klimaschule* wird, und machen lauter coole Vorschläge.«

»Saskia und Sally? Bist du sicher? Die waren doch so anti.«

»Bis sie gemerkt haben, dass sich was bewegt. Die ganze

Schule redet über euch. Hat Leon dir nichts erzählt? Ich dachte, der hält dich auf dem Laufenden. Lässt auch echt nichts auf dich kommen. Wenn Ben mal wieder irgendwas Fieses raushaut, wird Leon richtig ungemütlich. Das ist aber noch nicht alles. Der Pelzi aus der Elften hat ein Transparent an der Schulwand entrollt, mit der Hamburgkarte drauf, auf der die Überschwemmungsgebiete eingezeichnet waren, und darunter ein Maßnahmenkatalog mit zehn Punkten.« Sie lachte. »Damit hat er den ganzen Unterricht mal eben gekillt. Es ging nur noch ums Klima, um Kohle, SUVs und Vegetarismus. Die Kleinen aus den unteren Klassen haben dann darauf bestanden, dass sie nicht mehr zur Schule gefahren werden. Die organisieren sich jetzt in Gruppen und kommen allein. Und in der Kantine gab es einen Aufstand, weil keine veganen Gerichte angeboten werden.«

»Wow, das ist ja echt unglaublich.«

»Es gibt aber auch den *Anti-Panik-Club*. Ben ist natürlich vorne mit bei. Die wettern gegen alles und jeden. Bens Vater gibt ihnen mit ein paar weiteren Eltern Rückendeckung. Die wollen gegen den Pelzi und so juristisch vorgehen. Die Rossnagel hat alle Hände voll zu tun. Sie ist aber im Grunde auf unserer Seite. Die Liebscher auch. Ist nur rechtlich alles nicht so easy. Aber dein Vater kennt zum Glück die Tricks.«

»Maya, das ist ... mein Gott, und Leon? Echt? ... Ich bin ... Und wirklich, Papa?« Maya nahm mich in den Arm und wir drückten uns lange. Um uns herum tobte das Leben. Mir fiel auf, dass noch weitere bekannte Gesichter aus der Schule dazugekommen waren. Mitschüler, mit denen ich bisher nichts zu tun hatte. Mädchen, die sonst in der Handyecke vor der Schule standen, ein paar Jungs aus der Volleyball-AG, ein

Mädchen, das gerade den Bertini-Preis gewonnen hatte, und ein lesbisches Pärchen, das ich aus dem Chor kannte. Die beiden winkten mir zu, als sie vorbeiliefen, und eine von ihnen reckte einen Daumen in die Höhe. Ich war ergriffen, aber auch verwirrt aufgrund der Veränderungen, die sogar meine Schule umwälzten. Und natürlich, weil Leon mich verteidigte. Leon! Es war einfach unglaublich.

»Ava!«, Schmu kam atemlos angerannt. »Die Konferenz. Kommst du? Es geht um die Einsätze. Alice hat schon zweimal den Gong geschlagen.«

»Ich komme.«

Ich zog Maya hinter mir her Richtung Armeezelt. Eine der Außenwände war hochgeschlagen worden, damit diesmal alle teilnehmen konnten. Es war eine berauschende Menge, mindestens 150 Aktivisten. Und mir rutschte langsam das Herz in die Hose, denn jetzt gab es kein Zurück mehr. Ich musste ins Rampenlicht.

26

»People of Change! So cool, dass ihr alle da seid!« Kenyal hüpfte auf einé Kiste und wurde bejubelt. »Wir lassen uns nicht einschüchtern, stimmt's?« *Nein!*, riefen die meisten.

»Warum einschüchtern?«, flüsterte ich Alice zu, die neben mir stand.

»Hast du's nicht mitgekriegt? Da kamen einige böse Hate Posts. So ein paar anonyme Faschisten haben Kenyal ganz schön zugesetzt. Ziemlich beängstigend. Deshalb hab ich ihm die Eröffnung gegeben ... Und der da ist jetzt sein ständiger Begleiter.« Sie zeigte auf einen stämmigen Typ mit dunkler Sonnenbrille, der reglos schräg hinter Kenyal stand. »Ist ein getarnter Bulle ... So, aber jetzt sind wir dran.«

Und noch bevor ich etwas sagen konnte, zog sie mich auf ein provisorisches Podest, das aus einer alten Tür bestand, die auf Bierkisten lag. Weil es nun um meine Idee ging, war ich ab sofort neben Alice und Yoda eine der Sprecherinnen und hatte eine blaue Weste an, mit geflügeltem Wal auf der Rückseite. Als ich also zum ersten Mal auf dem exponierten Platz stand und in die vielen erwartungsvollen Gesichter blickte, war mir doch ziemlich mulmig zumute. Alice klopfte auf eine leere Flasche, bis Ruhe einkehrte. Dann ging es los.

»So, ihr Weltretter, jetzt sind Einsätze gefragt.« Alice zeigte auf mich. »Ava erklärt euch, worum es geht. Auch wenn es nur ein Tropfen auf den heißen Stein ist ... Viele Tropfen kühlen den Stein und damit das Klima. Also, lasst uns loslegen. Ava, bitte.«

»Hi. Die Idee ist, den Hof hier, der kurz vor dem Ruin steht, darin zu unterstützen, dass er auf Bio umstellen kann und außerdem gesichert ist, dass die Ernte Abnehmer findet. Es geht um solidarische Landwirtschaft, eine Facette im Meer der Möglichkeiten, um etwas gegen den Klimawandel zu tun. Und zwar ganz konkret, ohne auf Maßnahmen der Politik zu warten. Und es wird keine Viehwirtschaft unterstützt, ausschließlich Obst- und Gemüseanbau. Die paar Kühe liefern nur Dünger. Der älteste Sohn ...«, ich zeigte auf Ivko, der versteinert auf einer der Bierbänke in der Menge saß, »hat das nötige Know-how und wird die Umstellung leiten.«

Es war gesagt. Ich sah zu Yoda, die beide Daumen gedrückt hielt und etwas mit ihren Lippen formte, das ich nicht entschlüsseln konnte. Kruso hatte den Kopf eingezogen und schien die Luft anzuhalten, als hätte ich gerade dazu aufgerufen, ihn zu steinigen, während Ivko, der neben ihm saß, der Erste war, der applaudierte und die Beifallswelle auslöste.

»Wir starten sowohl eine Crowdfunding-Kampagne, um Gelder für die nötigen Gerätschaften sowie Öko-Saatgut zusammenzukriegen, als auch einen Aufruf, Anteile zu erwerben und sich damit Erträge zu sichern. Vor allem die Umstellungsphase bringt große finanzielle Belastungen, da es zwei Jahre dauert, bis die Rusowskis ihre Erträge auch bio nennen dürfen. Wenn nun mindestens 300 Menschen in Vorleistung treten würden, indem sie sich verpflichten, jeden Monat circa hundert Euro zu zahlen, für die sie dann nach der Ernte wöchentlich Ware bekommen, würden die Rusowskis das Kapital für die Umstellung zusammenbekommen und hätten außerdem sichere Abnehmer für ihre Erträge. Daher wollen wir die *SoLaWi TIERRA* gründen. Das Konzept ist genial für beide Seiten: Die Rusowskis haben die Kohle, die sie brauchen, und sichere Abnehmer, und die Kunden bekommen bald hochwertige regionale und saisonale Produkte, wissen, wo diese herkommen, und können auf dem Hof Angebote wahrnehmen, über die wir gleich noch sprechen ... Wie findet ihr das?« Applaus, Pfiffe und hochgereckte Fäuste. Auch Kenyal klatschte und nickte anerkennend. Nur sein Bodyguard stand stoisch hinter ihm, mit verschränkten Armen. Ivko nickte zufrieden. Ich schien meine Sache gut zu machen.

»Für die erste Etappe der Crowdfunding-Kampagne müssen wir Anreize für Unterstützer schaffen. Wir brauchen seriöse Einsätze, um auf die nötige Summe zu kommen.« Gemurmel unter den Zuhörern. »Ich habe mich vorhin mit Ivko ausgetauscht und er hat zugesagt, dass wir den Unterstützern Patenschaften für Obstbäume anbieten können sowie einen Kompost-Workshop für zwölf Personen. Außerdem stellt er eine kleine Ecke des Ackers zur Verfügung, die der Hauptunterstützer unter seiner Anleitung ein Jahr lang selbst beackern darf. Natürlich reicht das noch nicht. Wir brauchen also viele tolle Ideen, was wir den Unterstützern bieten können. Legt los!« Es wurde so still, dass einzig und allein Poppys Winseln vor dem Zelt zu hören war. Yoda stand sofort auf und holte sie herein. Da sich immer noch niemand meldete, spielte ich meinen einzigen Trumpf aus: »Also, ich könnte ein paar Rundgänge über das Gelände anbieten, bei denen ich über den Stand der Dinge und die Planungen berichte. Außerdem einen veganen Kochkurs. Jeweils zehn Leute. Schmu, schreib bitte alles auf.« Schmu hielt ein Klemmbrett in die Höhe.

»Aye, aye, Chefin.«

Edgar, unser Ältester, meldete sich. »Ich habe früher Überlebenstrainings durchgeführt. Wenn's jemanden interessiert, könnte ich ein Wochenendtraining mit einer Gruppe von sechs Leuten in dem kleinen Wäldchen anbieten. Dafür sollten dann 300 Euro pro Person reinkommen.« Endlich schlug die Stimmung um und es wurde applaudiert. *Edgar, Edgar, Edgar,* riefen ein paar Jungs, die wohl am liebsten sofort mit ihm aufgebrochen wären.

Sybill meldete sich. Sie saß ganz hinten und ich hatte sie zuvor gar nicht bemerkt. »Ich bin ...« Ihre Stimme zitterte. »Ich bin so gerührt.« Sie hielt beide Hände über die Brust und atmete tief ein. »Ich mache natürlich auch mit. Ich biete zehn Deckchen mit Bauernweisheiten nach Wahl, einen Brotbackkurs und einen von mir organisierten Kindergeburtstag mit Kuchen.« Wieder wurde gejubelt. Ich sah zu Ivko, der sich verstohlen über die Augen wischte.

Kruso meldete sich. »Ich kann ein paar Modellboote der *Wasserratte* anbieten, natürlich mit TIERRA-Fahne. Zehn Euro pro Stück.«

»Quatsch, 50!«, rief Ivko und drückte seinen Bruder fest an sich.

»Ich mach auch mit.« Alle drehten sich um. Mama stand mit Ute im Zelteingang. Poppy stürmte sofort auf sie zu und strich wedelnd um ihre Beine. »Mit einem Outdoor-Yogakurs auf der großen Wiese. Für fünfzehn Personen.«

Alice stupste mich an und flüsterte: »Ein Traum, oder?«

Und dann meldete sich auch noch Ute und legte Mama einen Arm um die Schultern, während sie sprach: »Mit mir gibt es noch einen Nature-Writing-Kurs, kreatives Schreiben auf dem Ökohof.« Sybill schnalzte mit der Zunge. Sie stand auf, ging zu den beiden Frauen und umarmte sie.

»Heieiei«, seufzte Alice neben mir, »das wird richtig kitschig schön. Da hast du ja regelrecht Friedensarbeit geleistet.«

»Hm. Aber etwas fehlt.« *Papa*, dachte ich, *Konrad und Bruno*. Hier war die geballte Frauenpower, samt Nachwuchs. Aber was war mit den alten Männern?

Es kamen noch ein paar gute Vorschläge zusammen: Bio-Gemüsekisten, Nistkästenbau mit Patenschaften, ein TIERRA-Kochbuch ... und Yoda wollte mit Ivko ein Hofpicknick mit Erfahrungsaustausch zu Permakultur initiieren. Es war großartig.

Ivko blickte auf Schmus Notizen und war wie ausgewechselt. Er schien vor positiver Energie zu bersten, als er am Ende verkündete, dass sie nun, wenn alle Angebote genutzt würden, das Ziel erreicht hätten und der Hof mit der Umstellung beginnen könne, vorausgesetzt, es gäbe genug Abnehmer für die Erträge. Applaus brandete auf. Ivko zeigte auf mich. Ich winkte Kenyal zu mir auf die *Bühne*.

»Okay, Leute. Hier komme ich wohl ins Spiel.« Kenyal verschränkte seine Hände ineinander und schüttelte sie, genau wie zu Beginn seiner Videos. Das Gejohle im Raum wurde noch lauter. Ich dachte daran, dass ein Großteil der Aktivisten wahrscheinlich aus QUID PRO QUO-Fans bestand, die dem Aufruf ihres Vorbilds gefolgt waren. Und darunter gab es bestimmt auch so einige, die nur mit uns campierten, weil sie Kenyal nah sein wollten. »Sollen wir ein endgeiles Video dazu bringen?« Tosender Applaus. »Wollen wir den Hatern zeigen, dass wir uns von niemandem unterkriegen lassen? Macht ihr alle mit?« Seine Fans kannten kein Halten mehr, sprangen von den Sitzen, hüpften auf der Stelle und einige für ein Protestcamp übertrieben gestylte Mädchen mit großen Ohrringen und schicken Designertäschchen blickten sich mit aufgerissenen Mündern an und umklammerten dabei ihre Smartphones wie den letzten Krumen Brot in einer Hungersnot. Wo luden sie die Dinger eigentlich auf? Es gab eine einzige Steckerleiste im Kochzelt.

»Okay. Wir treffen uns nachher alle an Krusos krassem Endzeitkutter, der *Wasserratte*. Ich brauche eine brodelnde Masse Biofans im Hintergrund. Wer passende Demoschilder hat, möge sie bitte mitbringen. Cool wäre so was wie *Bauer to the People*. Ihr könnt die Zeit ja noch nutzen, neue Banner zu designen, am besten mit Bienen, fröhlichen Regenwürmern und durchgestrichenen Pestizidwolken. Lasst euch was einfallen. Das Ding muss viral gehen, klar? Und wer den Zusammenhang noch nicht gecheckt hat: Ohne biologische Landwirtschaft und extreme Reduzierung der Monokulturen, vor allem für Futterpflanzen, können wir unser Ziel vergessen, den Anstieg des Meeresspiegels im Rahmen zu halten. Wer Einzelheiten wissen will, wende sich an unsere Profis.« Er zeigte auf Alice und mich.

Eine Hitzewelle jagte durch meinen Körper wie ein Buschbrand. Ich spürte, dass ich rot anlief, und hatte sofort die üblichen Kommentare im Kopf, die normalerweise von Ben und Besat folgten. *Das Biotönnchen feiert Tomatentag* oder *Bei der gefährlichen Sonnenstrahlung sollte man nicht so viel auf Demos gehen*. Aber nichts dergleichen passierte. Es wurde geklatscht und gejubelt und etliche Handys in die Luft gehalten, um Fotos von uns zu machen. Kenyal drückte mich für ein Selfie an sich und hielt ein Peace-Zeichen ins Bild.

Schmu wurde zum IT-Experten ernannt und bekam den Auftrag, die Crowdfunding-Kampagne zu starten. Die Eckdaten würde Ivko ihm liefern, der sich auch um das Rechtliche kümmern wollte. Benno, ein Freund von Schmu und noch ganz frisch dabei, sollte sich um die neue Homepage kümmern: www.SoLaWi-Tierra.de.

Nach unserer Besprechung scharte sich eine Menschentraube um Kenyal und Ivko, der jedem, der es wissen wollte, seine detaillierten Pläne preisgab. Seine Augen leuchteten und er zog immer wieder Kruso an sich ran und drückte ihn.

Ich stand noch eine ganze Weile allein auf meinem erhöhten Platz und beobachtete das Geschehen. Mama warf mir einen Luftkuss zu. Maya formte ein Herz mit den Händen. Ein Glücksgefühl strömte durch mich hindurch. Obwohl wir uns noch in der Planungsphase befanden und weder die Zukunft des Hofes noch unserer Heimat gesichert war, spürte ich eine so große Dankbarkeit und Fülle, Liebe und Hoffnung, dass ich das erste Mal seit Langem das Gefühl hatte, alles könnte gut werden. Da war ein neuer Same in mir aufgegangen, ein kraftvoller, unaufhaltsamer Same. Und was aus ihm erwuchs, war der starke Stamm einer Gemeinschaft. Ich hätte nie gedacht, dass dieser Same so eine Bedeutung haben könnte. Nun wusste ich, was ich Frau Liebscher auf die Frage geantwortet hätte, was uns alle verbindet: Wir sind Gemeinschaftswesen. Gemeinschaft macht uns glücklich. Wir wollen einander helfen.

Das verbindet uns.

27

Plötzlich waren sie da, ohne jegliche Vorwarnung. Polizisten. Wohin man auch blickte, tauchten blaue Uniformen auf. Es war gruselig. Das Gewusel auf der großen Wiese fror ein. Ängstliche Blicke und Jugendliche, die sich aneinanderdrückten. Dazwischen ein Mann wie ein Berg, Edgar, der Anweisungen brüllte, aber auch ein kreatives Grüppchen, das seit Tagen für den Ernstfall geprobt hatte und zu einer Art Tanzperformance ansetzte. Es wurde getrommelt und fünfzehn Aktivisten in Bienenkostümen *flatterten* mit ausgebreiteten Armen auf die blaue Wand zu und pusteten gelbe Luftschlangen auf die versteinerten Beamten, die sich offensichtlich ohne Befehl nicht rühren durften. Lan war sofort zur Stelle, filmte das Geschehen und ließ parallel die Drohne steigen.

Einer der Polizisten, ein Mann mit Schnauzbart und Ohrring, erhob ein Megafon und verkündete knarzend: »Diese Demonstration ist nicht angemeldet und nicht genehmigt. Was Sie hier tun, ist Hausfriedensbruch und Sachbeschädigung. Wir wurden angewiesen, die Versammlung aufzulösen. Bitte packen Sie Ihre Sachen und verlassen Sie das Gelände.«

Stille. Dann ein Raunen, das durch die Menge ging, und grimmig summende *Bienen*, die ausschwirrten, um sich an den Obstbäumen anzuketten, und kleine Fähnchen an den Ästen befestigten mit der Aufschrift: *Wer wird die Blüten bestäuben?* Wir hatten zwar darüber gesprochen, dass man mit so einer Situation am besten kreativ umgeht. Aber jetzt hatte ich auf einmal keine Ahnung mehr, was tatsächlich eine sinnvolle Strategie wäre, und sah Hilfe suchend Yoda an. Sie griff nach meiner Hand.

»Ach du Scheiße. Meinst du, die machen Ernst? Die haben Schlagstöcke dabei.«

»Ich weiß nicht.«

»Glaubst du, es hat uns jemand angezeigt?«

»Ja«. Kruso stand plötzlich neben mir. »Papa.«

»Was? Aber Ivko meinte doch ...«

»Vielleicht hat ihm sein Anwalt dazu geraten. Damit die Stadt ihm nicht die Fördergelder entzieht, weil er das Land anderweitig nutzt.«

»Sein Anwalt?« Mein Hirn ratterte. Ich blickte Kruso an, der sofort wegsah. »Kruso. Dieser Anwalt ...«

»Ja genau. Dein Vater.«

»Nein. Verdammt. Woher hast du das? Bist du sicher?«

Er zuckte mit den Schultern. Das konnte nicht wahr sein. Nein, das durfte es einfach nicht. Da war sie wieder, diese unbändige Wut, die in mir kochte. Ich hatte sie eine Weile weggeschoben, aber nun war sie wieder da. Ich zog mein Handy aus der Tasche und drückte auf Papas Nummer.

»Was für eine Ehre«, meldete er sich.

»Wie konntest du nur?«, schrie ich. »Du weißt doch, wie viel mir das bedeutet, wie wichtig das ist, was wir hier tun!«

»Wovon sprichst du, Ava? Diese Frage müsste ich eher dir stellen: Wie konntest du nur?«

»Die Polizei ist hier. Und wer hatte die grandiose Idee dazu? Haha.«

»Ich habe Konrad abgeraten, wenn du das meinst.«

»Konrad?«

»Ja. Davon sprechen wir doch.«

»Ich rede von der Anzeige wegen Hausfriedensbruch und Sachbeschädigung.«

»Eben, ich auch. Konrad sieht seine Felle davonschwimmen. Es gibt immer mehr Berichte. Und die Journalisten schnüffeln inzwischen auch bei ihm rum.«

»Ja und?«

»Ava, ich darf darüber nicht sprechen. Ich bin als Anwalt zum Schweigen verpflichtet.«

»Also ist die Anzeige von Konrad?«

»Ich sag es mal so: Wer könnte ein Interesse daran haben, die Aktion zu beenden? Wer könnte verhindern wollen, dass man bei ihm rumschnüffelt? Wer hat etwas zu verlieren?«

»Aber ...«

»Ava. Das ist alles, was ich dazu sagen kann.«

»Na gut. Aber was können wir tun?«

»Du solltest nach Hause kommen. Die Schule wird nicht ewig ...«

»Niemals! Ich werde das hier zu Ende bringen.«

Papa schwieg eine Weile. In der Ferne jaulte eine Sirene, die Aktivisten skandierten *Wir sind die Flut* ...

»Also, ich sage das jetzt als neutraler Anwalt, der eine allgemeine Information weitergibt.«

»Papa, bitte. Nun sag schon.«

»Der Eigentümer des Grundstücks, auf dem die Demonstration stattfindet, sollte seine Zustimmung kundtun und versichern, dass er für Ordnung sorgen wird. Außerdem habt ihr nach Artikel 8 des Grundgesetzes ein Recht auf Versammlungsfreiheit. Ihr dürft euch friedlich an der öffentlichen

Meinungsbildung unter freiem Himmel und ohne Anmeldung oder Erlaubnis versammeln. Auf privatem Grund natürlich nur mit Erlaubnis des Eigentümers.«
»Die wird Bruno uns niemals geben.«
»Wer ist Bruno?«
»Bruno Rusowski? Du kennst ihn doch. Dein *Mandant*.«
»Ich weiß nicht, wovon du sprichst.«
»O Mann, Papa.«
»Ja, Tochter, jetzt aber noch mal zu dir ...«
Ich drückte ihn schnell weg.
»Und?« Yoda quetschte meinen Arm. »Was sagt er?«
Das Handy vibrierte in meiner Tasche, aber ich ignorierte es.
»Wo ist dein Vater?« Ich blickte Kruso an.
»Auf dem Acker.«
»Wir müssen sofort zu ihm.«

Bruno stoppte den Traktor und stieg aus. Poppy, die neben mir stand, knurrte.
»Seid ihr verrückt? Was soll das? Karl!«
»Die Polizei will das Zeltdorf auflösen.«
»Na endlich.« Er zog die Nase hoch und rotzte neben sich auf den Boden.
»Papa! Wir wollen doch gerade ...«
»Ach was.« Er schob Kruso zur Seite und fixierte mich aus stahlblauen Augen.
»Eva ...«
»Ava.«
»Wie auch immer. Dies ist ein Bauernhof, kein Ferienlager. Und es sind auch keine Ferien. Hier wird ehrlich gearbeitet,

rund um die Uhr. Verstehst du? Ach was, verstehst du nicht. Für dich ist das doch ein Abenteuer. Mal raus aus der Komfortzone, was? Und dann kommst du hierher und stachelst meine ganze Familie an: Meine Frau spricht nicht mehr mit mir. Ivko besticht seinen eigenen Vater und der hier«, er klopfte Kruso auf den Hinterkopf, »der baut plötzlich ein Boot! Hier!!! Auf dem platten Land. Weil ihm *jemand* ...«, sein Gesicht kam ganz nah heran, »... diesen Insel-Schwachsinn in den Kopf gesetzt hat.«

»Da hat Ava nichts mit zu tun. Man braucht nur die Politik zu verfolgen, Papa.« Kruso zupfte an Brunos Ärmel. Der fuhr herum.

»Die Politik, soso.« Er lachte und es klang ähnlich wie das dumpfe Tuckern seines Treckers. »Mein Sohn interessiert sich für Politik. Na, so was. Und baut ein Boot. Wo hast du dich denn informiert? Im *Postillon*? Oder bei den Grünen? Oder guckst du die Nachrichten von einem dieser neumodischen Nichtsnutze im Internetz, zum Beispiel von dieser grünhaarigen Witzfigur, die lauter Verrückte anheizt und zu uns einlädt? Na dann, gut Nacht.«

Kruso stand reglos neben seinem massigen Vater, wie eine zerbrechliche Tonfigur, und es schien so, als hätte er aufgehört zu atmen. Bruno gab Kruso einen viel zu groben Klaps auf den Rücken. Poppy sprang auf ihn zu und bellte.

Ich hatte das Gefühl, Kruso retten zu müssen, und posaunte wütend los. »Herr Rusowski.« Er drehte sich zu mir. Sein weißer Haarkamm stand wie eine Eiskrone in die Höhe. »Stellen wir uns mal vor, es gehe hier nicht um Sie, sondern um eine Familie, die seit vielen Generationen einen Hof betreibt und nun, aufgrund der miesen politischen Lage, einer Goliathstarken Agrarlobby, sinkenden Lebensmittelpreisen und zunehmenden Dürrezeiten kurz vor dem entgültigen Ruin steht.« In Brunos Augen blitzte etwas gefährlich auf, aber ich zwang mich, ihn weiter anzusehen. »Stellen wir uns vor, der Chef des Ganzen ist ziemlich verzweifelt, weil er seine Familie liebt und sein Land und die Tradition aufrechterhalten will, aber nicht weiß, wie. Und da kommen plötzlich ganz viele Unterstützer, die ihm helfen wollen. Nicht, weil er ihnen so leidtut, sondern weil sie für einen Systemwechsel kämpfen, weil sie etwas bewegen wollen, für alle Landwirte wie ihn. Weil sie verhindern wollen, dass Investoren alles aufkaufen und Biogasanlagen auf dem schönen Land installieren. Weil sie nicht bloß genormte Massenware aus dem Ausland essen wollen. Nein, verdammt! Sie wollen gutes regionales Gemüse von ehrlichen Bauern, die noch selbst ihre Äcker bewirtschaften und dafür Wertschätzung erfahren sollten. Und ganz nebenbei verringert diese ehrbare regionale und bald ökologische Landwirtschaft zu fairen Preisen auch noch die CO_2-Emissionen, was diese Bauern zu wahren Helden macht. Und da die Politiker ja scheinbar nur auf medienwirksame Aktionen reagieren, sind sie hier. Sind *wir* hier! Und wir sind bunt, kreativ, jung und nicht zu übersehen.« Ich hatte mich so in Rage geredet, dass mir gar nicht aufgefallen war, wie Brunos eisblaue Augen zu tauen begonnen hatten. Ein feuchter Film überzog den kalten Grund. »Herr Rusowski, wir wollen, zusammen mit Ihnen und Ihrer Familie, dafür sorgen, dass Ihr Hof überlebt. Nein, dass er sogar aufblüht. Sie und Ihre Söhne sind die Spezialisten, die Kapitäne, die den Kahn durch den Sturm manövrieren. Wir sind die Mannschaft, die ihn vorantreibt.«

Poppy knurrte wieder und starrte in ein kleines dunkles Loch auf dem Ackerboden. Bruno folgte ihrem Blick.

»Verfluchte Mäuse.« Er trampelte das Loch zu. »Ich muss weitermachen. Der Acker pflügt sich nicht von allein.« Er stieg in den Traktor und warf den Motor an.

Yoda drückte mich an sich. »Du hast alles gegeben. Wow.« Dann hob sie einen Stock auf und lockte Poppy damit an, die übermütig den Traktor anbellte.

»Danke.« Kruso zog den Button von seinem Hemd und legte ihn in meine Hand. »Das war's dann wohl.« Er sah mich an und lächelte. »Weißt du, was uns verbindet? Wir haben noch Visionen. Wir sehen den blühenden Acker.« Er stocherte mit einer Fußspitze in der trockenen Erde herum. »Papa sieht nur das hier. Und da drin ist es auch nicht besser.« Er klopfte sich auf die Brust, dahin, wo das Herz saß. »Ausgetrocknet und lauter Löcher.«

28

Alice und Kenyal sprachen mit zwei der Beamten. Die falschen Bienen hingen an den Bäumen und summten müde. Viele Aktivisten hatten sich auf den Boden gesetzt und warteten. Einige packten schon ihre Sachen. Sybill verteilte Pappbecher mit Wasser und Apfelsaft an die Polizisten, die sie dankend annahmen. Die Sonne brannte gnadenlos.

Maya kam auf mich zu. »Wo warst du? Ich hab echt Angst. Können die uns einsperren?«

»Ach was, nur wenn wir Widerstand leisten.«

»Ach so.«

»Aber genau das werden wir tun«, sagte Alice. Maya sah sie besorgt an. »Wir räumen doch nicht einfach so das Feld.« Und dann schnappte sie sich unser Megafon und stellte sich vor die Reihe der Polizisten.

»WIR BLEIBEN AUF DEM ACKER STEHN,
DAMIT WIR NICHT BALD UNTERGEHN.
WIR BLEIBEN AUF DEM ACKER STEHN,
DAMIT WIR NICHT BALD UNTERGEHN.«

Ich fiel sofort mit ein. Auch Yoda, Schmu, Benno und Paul stellten sich neben mir auf und skandierten:

»WIR BLEIBEN AUF DEM ACKER STEHN,
DAMIT WIR NICHT BALD UNTERGEHN.«

Immer mehr Aktivisten brüllten den Slogan und bildeten eine mächtige Wand hinter uns.

Plötzlich näherte sich der knatternde Traktor. Er fuhr quer über die große Wiese. Einige Polizisten griffen zu ihren Waffen. Aber Bruno fuhr unbeirrt geradewegs auf sie zu.

»BLEIBEN SIE STEHEN!«, rief der Schnauzbärtige durch sein Megafon. »SOFORT STEHEN BLEIBEN!« Der Trecker tuckerte weiter. Fünf Polizisten stellten sich auf und richteten ihre Waffen auf den scheppernden Schrotthaufen, der nur noch circa 100 Meter entfernt war. »BLEIBEN SIE STEHEN ODER WIR SCHIESSEN.«

Sybill schrie auf. Da stoppte der Traktor abrupt. Bruno stieg seelenruhig aus und ging auf die blaue Wand zu. Ein mächtiger Herrscher der Unterwelt, der zum Showdown aufschlug. Sybill schien einer Ohnmacht nah und stützte sich auf einen der Männer, dem sie zuvor einen Becher gegeben hatte.

»So, Schluss jetzt!«, rief Bruno mit seiner gewaltigen Stimme, die keinen Verstärker brauchte. »Das ist *mein* Grund und Boden. Und hier bestimme immer noch *ich*!«

Einer der Männer, ein großer faltiger Kerl, die Hand am Pistolengürtel, stellte sich vor Bruno. Er war einer der größten Polizisten der Truppe und doch um einiges kleiner als Bruno.

»Na, Sie haben vielleicht Nerven, Herr ...«

»Rusowski.«

»Wir hätten beinahe auf Sie geschossen!«

»Haben Sie aber nicht. Also, verlassen Sie bitte mein Grundstück.«

»Aber Ihr Nachbar«, er zog einen Block aus der Tasche und klappte ihn auf, »ein gewisser Herr Klamm, beschwert sich über«, er las seine Notizen ab, »Sachbeschädigung, Hausfriedensbruch und Verstöße gegen das Vermummungsverbot.«

Bruno lachte. »Ja, das glaube ich gern. Vermummen tun wir

uns nur, wenn er sein Gift auf den Acker sprüht, bevorzugt bei Westwind, damit wir auch was davon haben. Sehr mitfühlend, unser Herr Nachbar. Hausfriedensbruch ist das, was er seit Jahren betreibt, zum Beispiel wenn seine Drohnen über meinem Acker kreisen und Daten klauen. Und Sachbeschädigung ... Ist Grundwasser eine Sache? Das vergiftet er nämlich mit seinen Nitraten. Sie sollten lieber mal bei *ihm* vorbeischauen.«

»Herr Rusowski, das sind alles schwere Anschuldigungen.«

»Jawoll, sollen es auch sein. Mein Anwalt kümmert sich da schon um die ein oder andere.« Bruno steckte sich einen Halm in den Mund und grinste genüsslich. Dabei sah er Ivko verdammt ähnlich.

Der Faltige blickte eine Kollegin an. Die nickte. »Und Sie wollen also nicht, dass wir das Camp hier auflösen?«

»Nein.«

»Wir wurden aber ...«

»Papperlapapp. Hier wurde gar nichts. Die jungen Leute bleiben. Basta.«

»Wie Sie meinen, Herr Rusowski. Wir werden die Augen aufhalten. Und wenn Herr Klamm ...«

»Tun Sie das«, unterbrach ihn Bruno, drehte sich um und marschierte zu seinem Traktor zurück. Alle starrten ihm nach. Wahnsinn! Was für ein Auftritt.

Ich sah Kruso an, dem tatsächlich der Mund offen stand, während seine Augen überquollen vor lauter Liebe, die frei wurde.

Der Obermacker der Polizisten stand noch etwas unschlüssig herum und schien darüber nachzudenken, ob er nun tatsächlich das Feld räumen sollte.

Ich ging zu ihm. »Es dürfte wohl alles geklärt sein.«
»Ähm ... und Sie sind?«
»Eine besorgte Bürgerin.«
Der Obermacker grinste. »Hm. Und gibt es auch einen besorgten Lehrer, der Fehlstunden notiert?«
»Herr ...?«
»Buschmann.«
»Herr Buschmann. Wir befinden uns hier an einem außerschulischen Lernort, passend zu unserer Klimawoche.«
»Aha, dann ist der Herr Lehrer wohl auch hier oder die Frau Lehrerin.« Er klappte seinen Block auf.
»Wir recherchieren selbstverantwortlich.«
»Soso.« Er schrieb etwas auf und las dabei laut vor. »Schul-ver-säum-nis. Zi-vi-ler Un-ge-hor-sam.«
»Hören Sie, wenn einem das Recht auf körperliche Unversehrtheit genommen wird, ist dann ziviler Ungehorsam nicht eine verhältnismäßige Reaktion?«
Er blickte belustigt auf. »Worauf wollen Sie hinaus, Fräulein ...?«
»Darauf, dass die Klimakrise menschengemacht ist und unsere körperliche Unversehrtheit massiv gefährdet. Wir sind Klimaflüchtlinge und haben ein Recht auf Asyl.«
Der Obermacker kratzte sich mit seinem Stift am Kopf und schaute seine Kollegin, die zugehört hatte, lange an. »Es bleibt dennoch zu überprüfen, ob die ganze Sache hier nicht den Rahmen des Erlaubten sprengt.« Er zeigte auf drei tanzende *Bienen*, die durch die Maispflanzen hüpften und dabei Bionadeflaschen durch die Luft schwenkten. »Es scheinen gewaltbereite Elemente in Ihrer Truppe zu sein. Wir müssen die Sicherheit garantieren, auch des Nachbarhofs.«

»Wir sind ein friedlicher Haufen und ich darf Sie auf das Versammlungsrecht nach Artikel 8 des Grundgesetzes hinweisen. Eine Erlaubnis, außer von Herrn Rusowski, ist dafür nicht nötig.« Buschmann zog verwundert die Brauen in die Höhe. Ich dachte an meinen Vater und hatte ein warmes Gefühl.

»Hört, hört.« Buschmann lächelte. »In Ordnung, junge Dame. Wir ziehen uns zurück, behalten Sie aber im Auge.« Er lüpfte zum Abschied mit einem Finger seine Mütze ein paar Zentimeter und gab seinen Kollegen ein Zeichen, woraufhin sie sich in Bewegung setzten und abzogen, ein paar *Bienen* im Gefolge, die sie Luftschlangen pustend begleiteten.

Überrascht sah ich den blauen Uniformen nach. Ich konnte es selbst kaum glauben. Das war ein bedeutender Moment in meinem Leben. *Ich* hatte etwas bewirkt. Ich schwamm nicht nur auf irgendeiner Welle mit, ich war *Teil* der Welle und beeinflusste ihren Verlauf. Es fühlte sich toll an, als würden sich in meiner Brust die versprengten Gefühlssplitter verbinden und ein perfektes Mosaik ergeben. Als hätte ein markantes Teilchen, das ich bisher krampfhaft an die falsche Stelle gedrückt hatte, nun endlich seinen richtigen Platz gefunden und das Mosaik vollendet.

»WIR BLEIBEN AUF DEM ACKER STEHN,
DAMIT WIR NICHT BALD UNTERGEHN!«

Die Menge jubelte. Es wurde getrommelt, getanzt, gelacht, Hände eingeschlagen und Victoryzeichen in die Luft gereckt.

»Ava? Ava, Ava, Ava. Hey. Stille Wasser sind tief, oder was?« Kenyal lief um mich herum. Lan folgte ihm mit der Kamera.

»Was war das denn?« Alice umarmte mich. »Sieht aus, als hätten wir eine Anwältin in unseren Reihen. Sehr cool!«

»Seht mal!« Kruso streckte eine Hand aus. Der Traktor hatte angehalten, mitten auf dem Acker. Ivko lief auf ihn zu. Die Tür wurde von innen geöffnet und eine Pranke zitierte ihn hinein. Ivko zögerte einen Moment, bis die Tür fast wieder zugefallen war. Doch in letzter Sekunde sprang er hinein und der Traktor tuckerte davon.

»Sie reden.« Krusos Stimme schien sich zu verflüchtigen, während er sprach. »Sie reden.«

29

Das Camp war weiter angewachsen. Einige Neuzugänge hatten Instrumente mitgebracht. Eine ausgelassene Stimmung, untermalt von Gitarren- und Trommelmusik, wehte über den inzwischen unübersichtlichen Zeltplatz. Das Küchenteam bestand nun schon aus 18 Aktivisten, die unter Sybills Leitung auf die Felder zogen, mit reicher Beute zurückkehrten und in riesigen Töpfen Kartoffelsuppen und Möhrenpüree köchelten. Ich saß mit Alice, Yoda, Kenyal, Schmu und Kruso zusammen, um zu besprechen, wie wir jetzt vorgehen sollten. Das nächste Video stand an, um die Klimakrise wieder anhand der Flutlinie zu illustrieren und nun, zusätzlich, zur Unterstützung der Rusowskis aufzurufen. Letzteres unterlag meiner Führung und endlich machte mir das keine Angst mehr. Ich war angekommen. Es war *mein Projekt*. Natürlich mit Ivko im Hintergrund.

»Die warten alle, dass es wieder losgeht. Wir brauchen starke Bilder«, sagte Kenyal. »Dieses blaue Band war enorm kraftvoll, aber jetzt ist eine Steigerung nötig. Wir sind so viele. Da sollte uns doch was einfallen.«

»Wir machen eine Flutliniendemo und starten damit bei Krusos Boot.« Alice lächelte in die Runde. »Alle sollen sich entlang der blauen Folien aufstellen, mit Schildern, wenn sie welche haben, Rettungswesten, Rettungsringen, Gummitieren und dem ganzen Kram. Am besten verteilen sie sich rund um das Plateau. Lan steuert die Drohne dann so, dass man den Ring gut sehen kann. Und auf ein Zeichen kippen alle um. Die-in im Show-down. Und du lässt sie per Tricktechnik untergehen.«

»Cool!« Das Ostergras wackelte. »Meint ihr, wir kriegen den alten Rusowski auf meinen Plastikthron?«

»Du willst ihn interviewen? Für QUID PRO QUO?« Ich blickte zu Kruso.

»Nee«, sagte der, »niemals. Und wenn er deine grünen Haare sieht, kommt nix Gutes.«

»Ich kann die Mütze aufziehen.«

»Was soll er denn sagen? Dass er es toll findet, dass wir seinen Boden zertrampeln und sein Gemüse auffuttern? Das geht nur nach hinten los.« Yoda zuppelte an ihren Dreadlocks herum. »Wir haben Wichtigeres zu tun. Oder geht's dir um Bauernklicks?«

Kenyal stand auf. »Nein, wirklich. Ich finde, es ist an der Zeit, endlich mal einen Bauern reden zu lassen. Die bekommen doch von allen Seiten Gegenwind. Und dabei geht es den meisten immer schlechter, bis auf so ein paar Klamms. Ich möchte ein Forum für Wertschätzung bieten. Wer errichtet denn schon ein Denkmal für einen Bauern, der sein Land und seine Tiere geliebt und ihnen alles gegeben hat?«

Schweigen. Kruso schwamm schon wieder davon, so ergriffen war er.

»Hey«, unterbrach ich die Stille, »das ist doch 'ne tolle Idee. Wir könnten ja wirklich so ein Denkmal errichten, vielleicht eine goldene Mistgabel.«

Kenyal war sofort begeistert. »So machen wir's.« Er streckte mir die flache Hand hin und ich schlug ein. Aber anstatt los-

zulassen, hielt er meine Hand fest und sah mich an, als wolle er mir gleich um den Hals fallen. »Du bist 'ne Perle, echt.«
»Hi.«
Ich fuhr herum. Leon stand im Dämmerlicht zwischen den Protestschildern. Er hatte eine Gabe, immer genau dann aufzukreuzen, wenn ein Typ gerade etwas Nettes zu mir sagte. Sofort riss ich meine Hand zurück. Wieder so ein Quatsch von mir.
»Hi.«
»Oh, wir wollten doch was mit dem Küchenteam klären«, sagte Yoda und gab den anderen ein Zeichen, ihr zu folgen. Die verstanden sofort, außer Kruso, der auf seiner Getränkekiste festklebte. Yoda ließ nicht locker. »Rusowski, du auch!« Sie verdrehte die Augen in alle möglichen Richtungen. Es sah ziemlich dämlich aus. Aber Kruso stand tatsächlich auf.
»Sag Bescheid, wenn du mich brauchst.« Das war wieder so ein völlig irrer Krusosatz. Wenn ich ihn brauchte? Wie kam er darauf?
»Rusowski!« Yoda zog ihn am Arm von uns fort.
Leon setzte sich auf die frei gewordene Kiste. Und mein Herz klopfte sofort ein paar Dezibel lauter.
»Auf seinem Stern hat er Superkräfte ... Nee, sorry. War blöd. Er ist wirklich nett. Man sollte ihn nicht unterschätzen.«
»Aha.« Leon hatte neue Sneaker an, mit denen er nun in der Erde rumbohrte.
»Wie geht's Ulysses? Schlägt die Therapie an?«
»Nein, es wird immer schlimmer. Nun trinkt er schon heimlich. Wir versuchen es jetzt mit Hypnose.« Leon ließ seine *Wahrsagekugeln* kreisen. »Er soll sich dabei in eine Zeit versetzen, in der alles gut war.«

»Aha. Welche Zeit soll das gewesen sein?«

»Die vor Tag X, dem Tag, als Ava beschloss, die Welt zu retten.«

»Leon.« Ich schubste ihn von der Kiste und er fiel lachend zu Boden.

»Du hast ihm das Herz gebrochen«, jammerte Leon theatralisch.

»O Mann, du begnadeter Pferdeversteher, probier deine Methode bloß nie an Menschen aus.«

Er rappelte sich hoch und setzte sich wieder auf die Kiste. »Die beste Therapie wäre ohnehin, wenn du ihn wieder reiten würdest.«

»Sag ihm, dass er sich noch etwas gedulden muss und dass ich ihn vermisse.«

»Okay, dann gib mir wenigstens ein T-Shirt von dir mit, an dem er schnüffeln kann.« Zack! Mir wurde heiß und das Blut aus meinem gesamten Körper schoss in den Kopf. Wusste er von der Schublade in meinem Zimmer? Der *geheimen* Schublade, in der ich die *Leon-Reliquien* aufbewahrte, lauter endpeinliche Dinge, wie sein zerfetztes T-Shirt, das ich ihm bei einem Ringkampf vom Körper gerissen hatte, oder die kleine Ecke von seinem Schneidezahn, die ihm bei einem Fahrradunfall abgebrochen war. Ich war extra an den Unfallort zurückgefahren, hatte die kleine Ecke gesucht und wie einen Edelstein in ein Schmuckdöschen auf Samt gebettet. Auch sämtliche Postkarten von Leon lagen darin, die er mir früher aus dem Urlaub geschickt hatte, mit krakeliger Kinderschrift und einem Löwenkopf als Signatur. Aber das Allerpeinlichste waren Boxershorts, die er bei mir vergessen hatte, als er eine Woche bei uns wohnte, während seine Eltern in New York gewesen waren. Ich wusste gar nicht, wo ich hinsehen sollte, während Leon mich belustigt anblickte. Ich war garantiert rot wie eine Tomate.

Leon lehnte sich zu mir rüber und flüsterte: »Sie hat mir davon erzählt.«

»Was erzählt?« Ich hätte alles dafür gegeben, dass sich der Erdboden vor meinen Füßen teilte und ich in der Spalte hätte verschwinden können.

»Ich habe übrigens auch deinen Zopf aufbewahrt.« Nun sah ich ihn doch an. »Den ich dir damals abgeschnitten habe, beim Indianerspielen. Deinen *Skalp*. Weißt du noch?« Er lachte. »Deine Eltern sind ausgerastet. Dabei warst du eigentlich ganz glücklich. Endlich aussehen wir ein Junge!« Stimmt. Ich dachte, nur als Junge könnte man das Haus der Eltern erben. Und an dem hing ich schrecklich. Tat ich immer noch. Vielleicht auch, weil Omi und Opi es selbst gebaut hatten.

»Machen wir Hausaufgaben?« Ich musste dringend das Thema wechseln und zeigte auf Leons Rucksack, der neben ihm im Gras stand, beziehungsweise in dem, was von der Wiese noch übrig war.

»Jetzt? Hier?«

»Na ja ...«

Leon wurde plötzlich ganz offiziell, drückte den Rücken durch, räusperte sich und machte eine ernste Miene.

»Ich bin eigentlich gekommen, weil ...« Er blickte in Richtung Küchenzelt und senkte die Stimme. »Also, da läuft 'ne Schmutzkampagne gegen Papa. Die Rusowskis behaupten, er sei selbst für die hohen Nitratwerte im Grundwasser verantwortlich. Und dein Vater ... Ich versteh's einfach nicht. Also dein Vater, der unterstützt die auch noch. Papa ist total enttäuscht. Der glaubt ...«, er seufzte, »dass *du* ihn dazu angestachelt hast.« Er hob die Handflächen in die Höhe, als wollte er beweisen, dass er mit der Sache nichts zu tun hatte. Als müsste da sonst ein schwarzes Mal erscheinen oder so was. »Also ich hab gesagt, dass ich's nicht glaube.« Er sah mich an, aber es war, als würde er durch mich hindurch in eine Scheinwelt blicken, die sein Vater ihm erbaut hatte. Da war kein echter Leon mehr, sondern ein kleiner *Konrad*, der seine Felle davonschwimmen sah.

»Und warum bist du dann überhaupt hier? Um herauszufinden, ob du richtigliegst?« Er nickte. »Dann glaubst du es also doch.«

»Ach Mann, ist 'ne Scheißsituation.«

»Tja, bisher musstest du dich nie für einen von uns entscheiden.«

»Stimmt.«

Ich stand auf, hätte am liebsten irgendwas zusammengeschlagen. Es tat so weh.

»Ich kann dir nicht helfen, Leon.« Ich umfasste in meiner Hosentasche die kleine Muschel, die Yoda mir gegeben hatte, und drückte sie so fest, dass sich die scharfe Seite in mein Fleisch grub und es schmerzte. »Einen Wahrheitssucher soll man nicht aufhalten.«

Leon sprang in die Höhe. »Willst du mich loswerden?«

»*Loswerden* ist das falsche Wort. Ich muss einen Freund suchen. Es gibt noch viel zu tun, um den Untergang aufzuhalten.« Ivko lief an uns vorbei und lächelte mir zu. »Warte mal«, rief ich, »ich muss etwas mit dir besprechen!«

»Aber immer, Prinzessin.« Er sah Leon. »Oh, ein Überläufer?«

Leon schnappte seinen Rucksack. »Sicher nicht. Hier stinkt's mir zu stark nach holländischer Gülle.«

»Horch, horch. Dann hast du dich wohl verlaufen.«

»Offensichtlich bin ich nicht der Einzige, der sich mal verläuft, stimmt's, Ivko? Hast du inzwischen 'ne Stelle gefunden?«

Die Spannung war fast mit Händen zu greifen. Ivko nahm einen Getreidehalm aus dem Mund, auf dem er herumgekaut hatte, und spuckte auf den Boden, so wie sein Vater.

»Pass mal auf, du Schlaumeier, hör gut zu. Ich habe überhaupt keine Stelle gesucht. Ich vergebe demnächst Stellen, klar? Und ich geb dir noch 'ne Bauernweisheit mit auf den Weg: *Mit dreckigem Wasser kann man nicht sauber waschen.*« Er beugte sich über Leon, der einen halben Kopf kleiner war, und senkte seine große Nase auf ihn hinab wie ein Damoklesschwert. »Schönen Gruß an den Herrn Vater.« Alles lief aus dem Ruder. Leon wandte sich ab und marschierte davon.

»Tja, Prinzessin, da hast du wohl auf das falsche Pferd gesetzt, sozusagen.«

»Nein. Leon ist nur loyal. Sein Vater war immer sein Held. War das bei dir nie so?«

Ivko kratzte sich mit einer Pranke am Kopf. »Na klar.« Er blickte in die Ferne und sah dabei zum ersten Mal seinem Bruder sehr ähnlich. »Bevor das mit meiner Mutter … Ist lange her.« Dann grinste er wieder. »Und keine Gutenachtgeschichte, Prinzessin.«

Yoda kam aus dem Küchenzelt auf uns zu und deutete vor Ivko so etwas wie eine Verbeugung an. »Oh, der zukünftige Herr über Land und Vieh.« Auch sie grinste.

»Oh, die Königin der Nacht«, flötete Ivko butterweich.

Bevor Yoda noch die Arie anstimmte, verzog ich mich ins

Zelt. Ich kroch in meinen Schlafsack, betrachtete durch die kleine Zeltöffnung die helle Sichel des Mondes und versuchte meinen Geist in einen *kristallklaren Bergsee* zu verwandeln. Noch so eine angeblich todsichere Methode meiner Mutter, düstere Gedankenstrudel aufzulösen. Funktionierte aber nicht. Der Strudel wurde eher zum reißenden Fluss, der mich von Leon fortspülte.

30

»Scheiß Zecken.« Hatte ich das geträumt? Als ich die Augen öffnete, war es stockdunkel. Bis auf einen Lichtfleck, der kurz über die Zeltwand huschte.

»Ava«, Yoda rüttelte an meinem Arm, »da draußen geht irgendetwas vor sich. Hörst du das?«

»Ja.« Am Zelt schritten schwere Stiefel vorbei. Aber es klang, als würden sie direkt über unsere Schlafsäcke marschieren. Ich zog instinktiv die Beine an, presste mir eine Hand auf den Mund und hielt die Luft an. Vollkommen starr lag ich da, dachte kurz an Leon und daran, was ich ihm noch gern gesagt hätte, und an Papa, der ausrasten würde, wenn er erfahren würde, dass mir jemand etwas angetan hatte. Und ich dachte an TIERRA und ob nun alles zu Ende wäre, alles, wofür wir gekämpft hatten. In der Ferne bellte ein Hund. Poppy. Sie schlief nachts nun oft in der Küche, weil sie uns im Zelt so oft geweckt hatte. Zum Glück war sie in Sicherheit.

»Ava.« Yoda flüsterte. »Sollen wir nachsehen?«

»Ich weiß nicht … Nein.«

Wir lagen noch eine Weile starr auf unseren Isomatten und horchten in die Dunkelheit. Es knallte. Einmal, zweimal, dreimal. Eine Autotür quietschte, wahrscheinlich die von Kenyals Bus. Wieder trampelten Stiefel vorbei, aber diesmal wanderten mehrere Lichtflecke über unsere Zeltwand. Sie beleuchteten für Sekunden den Innenraum und Yodas Gesicht. Ihre runden Bernsteinaugen wie die einer lauernden Raubkatze. Es wurde gerufen und geschrien. Dann eine Polizeisirene. Wieder Türenschlagen und Getrampel.

»Stehen bleiben!«, schrie jemand, klang nach dem Faltigen. Das Getrampel entfernte sich und es wurde still.

»VERDAMMT!«, brüllte Kenyal genau neben uns.

»Komm!« Yoda machte Licht mit ihrem Handy. »Ich glaub, wir können raus.« Und schon hatte sie einen Pulli übergezogen und kroch aus dem Zelt. Ich folgte ihr zögerlich und mit weichen Knien. Kenyal und Lan standen mit ein paar anderen am Bus. Alle hatten ihre Taschenlampen und Handylichter auf den Wagen gerichtet, von dem noch nasse Farbe heruntertropfte. Die beiden Hände und die Worte QUID PRO QUO waren nicht mehr zu erkennen. *Schwule Sau*, stand stattdessen da und schwarzes Geschmiere verdeckte das Logo.

»Verdammt, verdammt, verdammt!« Kenyal war außer sich. »Warum …?« Er sah einen Kerl an, den ich nicht kannte und der wahrscheinlich die Ablösung für den anderen Bodyguard war. »Ich hab doch gesagt: Die meinen's ernst, diese Fascho-Ärsche.«

»Sie haben die Klohäuschen umgeworfen.« Einer von der Bienentruppe stieß zu uns. »Es stinkt widerlich.« Zwei Polizistinnen schälten sich aus der Dunkelheit, die in der Ferne vom blauen Flackern eines Polizeilichts durchbrochen wurde.

»Die Täter wurden eingekreist und festgesetzt. Sie können beruhigt sein«, sagte die eine.

»Beruhigt«, kläffte Kenyal, »und mein Bus?«

»Darum kümmern wir uns.«

»Ach ja? Können Sie mit Spraydosen umgehen?«

»Beruhigen Sie sich, junger Mann, Sie können Entschädigung einfordern. Wichtiger ist, dass Sie nun in Sicherheit sind.«

»Sicherheit?« Jetzt mischte sich Alice ein, die ich zuvor gar nicht bemerkt hatte. »Wie können Sie die denn garantieren?«

»Garantieren können wir nichts, aber wir halten die Augen offen.«

Alice lachte bitter. »Na wunderbar. Ich sicher auch. Wer kann jetzt noch schlafen?«

»Ich schlage vor, dass wir einfach selbst Posten beziehen und Nachtschichten einteilen.« Edgar hatte einen dicken Ast in der rechten Hand, mit dem er in die andere schlug.

»Ich mach mit«, sagte Yoda und sah mich an.

»Ich …« Meine Knie zitterten.

»Ich auch!«, rief Ivko, der gerade aus der Dunkelheit aufgetaucht war. »Zu zweit ist ohnehin sinnvoller. Da kann man sich besser gegenseitig wach halten.« Er blickte Yoda an. Und wenn ich mich nicht täuschte, huschte ein kleines Lächeln über ihr Gesicht.

»Du musst nicht«, flüsterte Kruso mir zu, der wieder mal wie aus dem Nichts erschienen war. »Du kannst auch in der guten Stube schlafen.« Er drückte meine Hand. »Mit Poppy.«

»Danke«, flüsterte ich zurück. Auch wenn es keine Option war, denn ich würde die anderen auf keinen Fall alleinlassen, beruhigte mich das Angebot.

31

Erstaunlicherweise gelang es dann doch ganz gut, das mit dem Schlafen. Unruhig zwar, mit einem Ohr auf Empfang, aber immerhin. Ich hatte einen wilden Traum, in dem Papa und Konrad in einem alten VW-Bus vor der Polizei flohen und ich auf dem Rücksitz in einer Babyschale angeschnallt war und mich nicht rühren konnte, ohnmächtig vor Angst. Ich wachte schweißgebadet auf. Draußen war es noch dunkel. Aber ein Rotkehlchen trällerte schon und besänftigte mich. Yoda schlief noch tief und fest.

Es war an der Zeit, Papa ein paar Fragen zu stellen, am besten, noch bevor er von dem nächtlichen Überfall erfuhr. Ich rief ihn an und malte mir aus, wie Vivaldis *Herbst* durch sein Büro fegte, sein *cooler* Klingelton.

»Das wurde ja Zeit, Avalina.« Papa klang äußerst gut gelaunt.

»Warum?«

»Na, hör mal. Du bist minderjährig und seit zwölf Tagen ohne elterliche Fürsorge. Mal abgesehen davon, dass gerade keine Ferien sind, könntest du dich ruhig häufiger melden. Außerdem müsstest du doch inzwischen viele Fragen haben, oder?«

»Hm.« Typisch Papa. »Was würde ich denn wohl fragen wollen?«

Er lachte schallend. »Sehr gut. Sehr, sehr gut ... Also, du

willst natürlich wissen, warum ich die Rusowskis vertrete. Das kann ich dir sagen. War keine leichte Entscheidung. Aber ich habe mich für die Seite der Wahrheit entschieden ... Klar, das hätte auch eine Kollegin machen können, dann wäre mir der Streit mit Konrad erspart geblieben. Aber Ute hat mich angefleht. Sie meinte, das wäre die einzige Chance, ihre Ehe zu retten.«

»Was?«

»Ja. Sie möchte nicht mit einem Verbrecher verheiratet sein, hat sie gesagt. Für sie ist das Ganze so eine Art Test. Wenn Konrad weiter die harte Linie fährt, dann war's das für sie. Sollte er aber *zur Vernunft kommen*, wie sie es nennt, dann gäbe es noch eine Chance.«

»Aber woher weiß sie, dass *er* der Verbrecher ist?« Papa schwieg. »Sag schon, Papa. Bleibt in der Familie.«

»Tut mir leid, Avalina.«

»Und Leon?«

»Ja, das ist so eine Sache ... Der sitzt zwischen den Stühlen, sozusagen. Ein Kind sollte sich nicht zwischen Mutter und Vater entscheiden müssen.« *Und zwischen Freundin und Vater,* dachte ich.

»Der ist mal hier, mal dort, mal bei Ben.« Ausgerechnet bei Ben, dem Penner. »Am besten wäre es, du würdest mal mit ihm reden, hm?«

»Ich? Das soll wohl 'n Witz sein. Klärt ihr euren Scheiß mal schön allein.«

Papa seufzte. »Ihr habt also gestritten.« Ich hasste es, dass er immer wusste, was los war. Ich brauchte nur laut zu atmen und er wusste Bescheid. Nervte höllisch. Aber jetzt ging es um mehr. Ich würgte den Ärger hinunter.

»Zurück zur Sache, Papa. Ich gehe also davon aus, dass du Beweise für Konrads Schuld hast. Sonst würde das alles keinen Sinn machen. Und ich gehe auch davon aus, dass du auf unserer Seite bist, weil die Rusowskis es sind und weil wir ihnen helfen. Das heißt also, du bist auf meiner Seite. Korrekt?«

Papa lachte wieder. »Wir sollten das alles schnell in trockene Tücher bringen, damit du wieder zur Schule gehst, dein Abi machst und eine hervorragende Anwältin wirst.«

»Also *ja*?«

»Ich bin jedenfalls beeindruckt.«

»Papa, kannst du nicht einmal Tacheles reden?«

»Oh, ich dachte, das tue ich … Ja, Avalina, ja, ich bin zu meiner eigenen Verblüffung auf eurer Seite. Zufrieden?«

»Sehr sogar.«

»Obwohl ich das mit dem Untergang halb Hamburgs immer noch für hysterisch halte.«

»O Papa …« Ich drückte ihn weg.

Das Polizeiaufgebot war verstärkt worden und zwei Freunde von Kenyal waren angerückt, um den Bus wieder in seinen alten Zustand zurückzuversetzen. Wir wollten den gewaltbereiten Kräften keine Chance für ein Triumphgefühl geben, auf keinen Fall aggressiv auftreten und baten alle, die Vorkommnisse nicht an die große Glocke zu hängen. Natürlich drang doch etwas nach außen, aber wenn wir von Journalisten danach gefragt wurden, reagierten wir absichtlich gelassen und behaupteten, dass unsere friedliche Gesinnung der Grundbaustein unserer Aktion sei, gemäß des Gandhi-Mottos *Gutes kann niemals aus Lüge und Gewalt entstehen*.

Leon schickte mir eine Nachricht: *Bist du OK?*

Ich schrieb zurück: *Ja, und du?* Darauf kam keine Antwort mehr.

Papa rief mich an, nachdem er von dem Anschlag erfahren hatte, mit deutlich angekratzten Nerven. Aber ich konterte gelassen mit seinen Mitteln und ließ ihn wissen, dass ich aufgrund der laufenden Ermittlungen keine Informationen preisgeben könne. Da verlor er doch noch seine geliebte *Contenance*, was mich diesmal aber nicht aus der Reserve lockte.

Sybill bestickte in Windeseile ein neues Deckchen und hielt es in Lans Kamera: *Wenn du im Herzen Frieden hast, wird jedes Zeltdorf zum Palast*. Damit ließen wir die Hater voll auflaufen.

Kenyal schnappte sich das Megafon und donnerte drauflos. »Oookaaay, ihr Dudes eines neuen Zeitalters! Ich würde sagen: Jetzt erst recht. Wir sind viele. Wir haben Power. Wir sind schlauer. Legen wir los! Packt die Ackerschnacker weg«, er zwinkerte den Handymädchen zu, »schnappt euch all eure Requisiten und Schilder und baut euch entlang der Flutlinie auf. Eine Drohne filmt euch von oben. Auf mein Zeichen, einen Trommelwirbel der Extraklasse, lasst ihr euch alle hinfallen und spielt toter Mann oder tote Frau. Oder toter Hund, was ihr den Schnuffis hoffentlich beigebracht habt. Ich mache anschließend mit meinem Kollegen hier«, er klopfte Lan auf die Schulter, »ein endgeiles Video über ein gar nicht geiles Ende. Klar? Wollen doch mal sehen, wer mehr Aufmerksamkeit erhält: ein paar verpeilte Irre oder ein kreativer, bunter und friedlicher Haufen Aktivisten!«

Aus der Tipi-Ecke schwoll Applaus an. Jubel kam hinzu und schließlich schaukelte sich das ganze Camp hoch und brüllte und klatschte.

»WIR BLEIBEN AUF DEM ACKER STEHN,
DAMIT WIR NICHT BALD UNTERGEHN!«

Es folgte ein wahnwitziges Gewusel. Alle turnten durcheinander, suchten ihre Sachen zusammen, sammelten Schilder, Kinder und Hunde ein, zogen Gummistiefel an und, wer einen hatte, seinen Neoprenanzug. Einer klemmte sich sogar ein Surfbrett unter den Arm. Und ein älterer Mann, der bei Edgar eingezogen war, kam in Anglermontur dazu. An seinem Haken hing eine Plastikflasche. Und auf seinem Schild stand: *Findet Nemo.* Inmitten lauter Plastikmülls klebte ein minikleines Fischlein. Die Handymädchen drapierten sich in knappen Outfits auf Badetüchern im Strandabschnitt und sahen vor dem riesigen Wal aus Plastikmüll, dem jemand inzwischen Flügel gebastelt hatte, merkwürdig verpeilt aus. Ein Mädchen aus meiner Schule hatte ihren Mops an der Leine, dem sie ein T-Shirt angezogen hatte mit der Aufschrift: *Wenn ich könnte, würde ich Grün wählen.* Kruso schob mit Benno und Schmu die *Wasserratte* in Position. Die Fahne wurde noch einmal gerichtet, damit die Aufschrift TIERRA gut zu lesen war. Es war grandios.

Da fiel mir auf, dass ich Sybill seit der nächtlichen Aktion nicht mehr gesehen hatte. Ich steuerte auf das Haus zu und lief direkt in die Küche, wo für Poppy inzwischen ein Körbchen stand, in dem sie die meiste Zeit verbrachte. Sie lag wie erwartet darin und schlief. Daneben hingen mindestens 20 Handys an Ladekabeln in Steckerleisten. Sybill saß mit Ivko am Tisch. Sie starrten vor sich hin wie traurige Wachsfiguren in ihrem Eichenholzkabinett.

»Ist was passiert?« Ich bückte mich zu Poppy und streichelte sie. Sie leckte mir über die Hand und wedelte wie verrückt mit dem Schwanz. »Wenn es wegen letzter Nacht ...«

»Nein, schlimmer.« Vor Ivko lag ein Stapel Papiere auf dem Tisch. »Wir sind endgültig pleite.«

»Was?« Ich trat an den Tisch heran. Sybill weinte.

»Paps hat mir die ungeöffneten Briefe gegeben, die er vor uns versteckt hatte. Bestimmt 30 Rechnungen. Und die Ankündigung einer Zwangsversteigerung. Das Spiel ist aus, Prinzessin.«

»Nein.« Ich setzte mich neben Sybill auf die Bank. »Aber wir wollen doch gerade ...«

»Zu spät. Wir bräuchten sofort 50.000 Euro. Und deinen Herrn Vater können wir auch nicht bezahlen.« Er blickte mich an. »Willst du uns die Peanuts auslegen? Du bekommst doch sicher ein ordentliches Taschengeld, oder?«

»Ivko.« Sybill klopfte hart auf den Tisch. »Lass das.«

Ivko stand auf. »Sorry. Sie hat recht. Du bist schwer in Ordnung. Tolle Ideen und so. Leider zu spät.«

»Aber ihr könnt doch einen Kredit aufnehmen«, versuchte ich es verzweifelt.

Ivko lachte bitter. »Gute Idee, Prinzessin. Leider haben wir schon eine Menge Kredite laufen. Das Potenzial ist ausgeschöpft. Es ist ja die Bank, die das Geld von uns will. Erst drängt sie einem dauernd Darlehen auf, die gar nicht nötig gewesen wären, und tut so, als wolle sie einem helfen. Und dann, zack, will sie plötzlich Rückzahlungen, und zwar sofort. So sieht's nämlich aus.« Er warf seine leeren Pranken in die Luft.

»So ein Mist. Warum hat Bruno denn nichts gesagt? Der kann euch doch nicht so hängen lassen!« Ich war stinksauer.

Auf einmal knurrte Poppy. Ich folgte ihrem Blick zur Tür.

Und da stand er, der Herr des Hauses, mit Eiskrone und diesen beiden Mörderwaffen im Gesicht, aus denen er mich vernichtend ansah. Wir warteten alle, was passieren würde, aber außer Poppys Knurren tat sich nichts. Nach einer Weile ging Bruno einfach wieder. Sybill flitzte ihm hinterher.

»Mann, Mann, Mann«, sagte Ivko. »Das war nicht ganz so cool jetzt.«

»Aber ist doch wahr«, verteidigte ich mich.

»Hör mal, Prinzessin. Paps war hier immer der große Zampano, hatte alle Fäden in der Hand. Jeder hier in der Gegend hat zu ihm aufgesehen.« Ivko schob die Papiere zusammen. »Dann wurde ihm dieser ganze Scheiß versprochen: Höhere Erträge durch industriellen Stickstoffdünger, Subventionen, billiges Gen-Soja fürs Vieh, die Herbizid-Wunderwaffe und so weiter. Und jetzt? Hof pleite, Angestellte weg, Nitrat im Grundwasser, Klamm, der ihm was anhängen will, Schulden über Schulden und ein ausgetrockneter Boden, über dem kaum noch eine Biene schwirrt. Die Blüten können wir bald selbst bestäuben. Ha. An höherer Stelle interessiert sich kein Schwein dafür. Und dann werden wir auch noch für den Klimawandel mitverantwortlich gemacht, während ein Burn-out den nächsten jagt. Ist doch echt zum Kotzen.« Er stand auf. »Also, macht euer Ding, solange es noch geht. Bald gehört das hier alles dem lieben Nachbarn, der mit den Verbrechern gemeinsame Sache macht. Da könnte man 'nen deprimierenden Krimi drüber drehen. *Wer hat, dem wird gegeben.*« Er klopfte mit den Fingerknöcheln auf den Tisch und ging hinaus.

»Trotzdem müssen wir's versuchen!«, brüllte ich ihm hinterher. Verdammt. Und jetzt?

Ich fand Kenyal bei den Handymädchen am *Strand*, die gerade Selfies mit ihm machten, während der Bodyguard mit Granitmiene danebenstand und ihm die Angepisstheit aus jeder Pore quoll.

»Kommst du mal bitte?« Ich winkte ihn an eine ruhigere Stelle. »Wir müssen größer denken.«

»Okeee?« Er wuschelte durch seine Flusen und zwinkerte den Girls zu, die einen Kicheranfall bekamen.

»Der Hof ist pleite und hat noch dazu hohe Schulden. Die Rusowskis brauchen Kohle. *Viel* Kohle.«

»Größenordnung?« Jetzt war er ganz bei mir.

»50.000.«

»Oha. Klingt nach einem Fass ohne Boden.«

»Für den Boden sorgen wir. Und wenn wir die Unterstützer zusammenhaben, dann kann die Stadt doch nicht zulassen, dass die Rusowskis den Hof verlieren. Die Ausgleichszahlungen für den Dürresommer bekommen sie ja auch noch.«

Kenyal sah mich erstaunt an. »Spricht da etwa wieder die zukünftige Anwältin?« Im Hintergrund verrenkten sich die Handymädchen, aber Kenyal schenkte ihnen keine Beachtung mehr. »Meinst du, ich könnte deinen alten Herrn mal interviewen?«

»Nein. Wir kriegen das auch ohne ihn hin. Außerdem geht es hier nicht um deine Show, sondern um das Klima, den Hof, die Zukunft – QUID PRO QUO mal größer gedacht.«

»Schon gut, schon gut. War ja nur so eine Idee. Immerhin bringt die Quote auch Unterstützer.«

»'ne Scheißidee.«

Kenyal grinste.

»Was ist?«

»Du bist rot.«

»Ja und?« Er suchte etwas auf seinem Handy und hielt es mir dann hin. Ein Foto von uns beiden auf der Kistenbühne im Infozelt. Kenyal mit giftgrünem Haar. Ich, knallrot im Gesicht und mit tiefschwarzer Mähne. »Kein großer Wurf. Was ist damit?«

»Hast du den Kommentar gelesen?«

»Nein.«

Er blickte wieder auf das Display und las vor. »*Die Kenyal-Koalition. Wer hätte gedacht, dass der Grüne sich mit Rot und Schwarz zusammentut?*« Er steckte das Handy weg. »Jetzt bist du berühmt und trägst Verantwortung für unser Land.« Er grinste. Doch als ich ihn vernichtend ansah, verkniff er sich zum Glück weitere Kommentare. Stattdessen schnappte er sich das Megafon, machte Lan ein Zeichen und los ging's, den bulligen Bodyguard im Schlepptau.

»Ho ho, Leute! Alle Männer und Frauen und was hier sonst noch so rumschwirrt: auf eure Posten. Die Drohne steigt, die Zukunft will gerettet werden und ganz konkret auch dieser Hof. Gleich kommt der Trommelwirbel und dann schmeißt ihr euch hin. Es geht jetzt um alles!«

Genau in diesem Moment jaulten auf Konrads Acker zwei riesige Traktoren auf und begannen, die Felder zu spritzen.

32

»Hallo Ava.« Ein Eisbär hielt mir mitten im Gewusel die Hand hin.

»Hallo.« Ich schüttelte die Pfote. Da lüpfte die Bärin ihre Maske und ich blickte in die Augen meiner Lehrerin.

»Frau Liebscher, was machen Sie denn hier?«

»Ich muss doch mal nach meinen Schülerinnen sehen. Und außerdem mache ich jetzt mit. Undercover natürlich.« Sie zwinkerte mir zu und schob die Maske wieder über ihr verschwitztes Gesicht.

»Ehrlich?« Ich starrte sie ungläubig an. »Das ist der Wahnsinn! Und auch ziemlich cool.«

Sie lachte. »Eher ziemlich *hot* hier drunter.«

»Das glaube ich … wirklich toll, dass Sie dabei sind. Und wenn es hier gut läuft, bin ich auch bestimmt bald wieder in der Schule.«

»Ich weiß doch, Ava. Leon erstattet mir ja immer Bericht.«

»Leon?«

»Ja, Leon Klamm. Dürfte dir bekannt sein.«

»Ähm, ja, klar. Was sagt er denn so?«

»Dass du hier richtig was bewegst.«

»Echt?«

»Aber seit ein paar Tagen scheint es ihm nicht so gut zu gehen. Da ist irgendwas mit seinem Vater, glaube ich. Es geht wohl um ein Pferd, das verkauft werden soll.«

»Nonno?«

»Hm ... ich glaube, das hieß anders. War ein mythologischer Name.«

»Ulysses?«

»Ja genau, Ulysses!«

Vor Schreck krampfte sich mein Herz zusammen. »Was wissen Sie noch darüber?«

»Oh, im Grunde nicht viel. Aber heute war er nicht in der Schule. Ben schien etwas zu wissen, tat aber sehr geheimnisvoll. Erwähnte immer wieder *Panama*. Ich weiß aber nicht, was er damit meinte. War bestimmt ein Witz.«

Panama!

»Danke, Frau Liebscher. Ich muss ganz schnell etwas erledigen. Vielleicht wollen Sie sich in die *Wasserratte* setzen. Ein Eisbär kann ja nicht ewig schwimmen.«

Und dann rannte ich los, den Hügel hinunter, und winkte Yoda zu, die gerade auf ihrer Armbinde die Aufschrift *Ordner* um ein *in* erweiterte.

»Bin bald wieder da!«, rief ich ihr zu.

»Wo willst du denn hin?«

»Nach Panama.« Und zack, knallte ich mit dem Buschmann zusammen.

»Uff«, machte der. »Na, na, junge Frau. Wohin so eilig?«

»Entschuldigung. Muss dringend eine Entführung verhindern.«

Der Polizist öffnete die Beifahrertür eines Streifenwagens. »Das klingt aber deutlich spannender, als hier einen elenden Hitzetod zu sterben. Einsteigen!«

»Wie? Ich? Warum?«

»Wo soll's denn hingehen?«

»Nach Panama ...«

»Na, das ist ja ein Katzensprung.« Er lachte.

Und so kam es, dass mich ein Bulle im Streifenwagen mit Blaulicht nach *Panama* fuhr, um die *Irrwege* des gemopsten Ulysses und seines Therapeuten zu verfolgen. Wahnsinn.

Er ließ mich an der Bille raus und ich durchpflügte im Dauerlauf die Felder, bis ich die Boberger Düne erreicht hatte. In dem kleinen Birkenwäldchen dahinter wieherte es. Ich rannte über den heißen Sand die kleine Böschung hinunter und kam völlig außer Atem, rot wie ein Hummer und pitschnass an *unserer* Birke an. Es war eine sehr alte, ungewöhnlich wild verzweigte Märchenbirke, auf der wir uns als Kinder vor dem *bösen Wolf* versteckt hatten, den Konrad gern gespielt hatte. Und tatsächlich! Leon saß auf einem der dicken Äste und starrte auf sein Handy. Ulysses war am Baum festgebunden.

»Du hast es wieder getan!«, rief ich.

Leon fiel vor Schreck beinahe vom Ast. »Ava. Was machst du denn ...?« Aber seine Synapsen schienen sich zu beeilen, die Antwort zu melden, denn plötzlich verzog sich sein Mund zu einem breiten Lächeln.

»Eine Eisbärin hat's mir geflüstert«, sagte ich.

Leon sprang von seinem Ast und landete genau vor mir. »Oha, da hat sich die Meldung aber weit verbreitet.«

Ulysses stupste mich mit dem Kopf an und schnaubte. Ich drückte mich an ihn und strich über seinen Hals.

»Mensch, du alter Alki, was hab ich dich vermisst. Wird Zeit, dass ich mich wieder mehr um dich kümmere.«

»Allerdings. Vielleicht solltest du auch für ihn eine Crowdfunding-Kampagne starten.«

»Was ist passiert?«
Leon ließ sich in den Sand fallen. Ich setzte mich neben ihn.
»Ist eine lange traurige Geschichte ohne Happy End.«
»Erzähl!«
Er schaute mich an. »Hast du überhaupt so viel Zeit? Ihr müsst euch doch sicher gegen weitere Übergriffe wappnen oder die nächste große Aktion starten?« Er schaufelte den feinen Sand von einer Hand in die andere und ließ ihn durch die Finger rieseln.
»Das schaffen die auch ohne mich. Jetzt sag schon!«
»Na gut. Die Kurzfassung: Nach dem Intermezzo bei euch auf dem Hof war ich ziemlich deprimiert. Ich wusste überhaupt nicht mehr, was ich glauben sollte. Und dann auch noch dieser Ivko! Zu Hause war niemand. Mama ist ja gerade bei deinen Eltern, weil sie Zoff mit Papa hat, und der war auch nicht da. Also hab ich mich in seinem Büro auf den Stuhl gesetzt und die Füße auf den Tisch gelegt. Ich wollte ein Video für Ben aufnehmen und ein bisschen den großen *Jefe* raushängen lassen. Hab mir 'ne Zigarre aus Papas Box in den Mundwinkel gesteckt und große Reden geschwungen. Plötzlich knallte die Haustür zu und ich bin panisch aufgesprungen und aus dem Büro geflüchtet. Wenn es eine Sache gibt, bei der Papa ausrastet, dann, wenn jemand ohne Erlaubnis sein Büro betritt. Das Handy hab ich vor lauter Schreck vergessen. Hatte ich an einen Bilderrahmen auf der anderen Zimmerseite gelehnt, damit der ganze große Raum zu sehen war. Papa lief sofort in sein Büro und kam eine Stunde nicht mehr raus. Das Handy hat er nicht entdeckt, wahrscheinlich weil der Bilderrahmen ein digitaler war, da wechselt das Bild ja ständig. Na ja, als er dann bei den Kühen war, hab ich's

schnell geholt. Die Aufnahme lief noch. Ich hab mir alles angesehen – und vor allem angehört.«

Er blickte mich an und seine Augen waren feucht. »Ava, er ist tatsächlich ... Scheiße noch mal. Diese Nitratwerte im Wasser ... Ich hab gefilmt, wie er mit so 'nem Bonzen vom Bauernverband oder Agrobetrieb telefoniert. *Du hängst da mit drin*, hat er gesagt. Und: *Das ziehen wir jetzt durch.*« Leon zog sein Handy aus der Tasche und drückte darauf herum. Konrad war zu sehen, mit den Füßen auf dem Tisch, den Telefonhörer in der Hand. Leon suchte eine Stelle und gab mir dann das Handy.

Ja, ich weiß, das Grundstück hätten wir auch so bekommen. Die Rusowskis sind am Ende. Aber das geht alles zu langsam. Ich weiß nicht mehr, wohin mit der ganzen Gülle ... Mach dir keine Sorgen, Klaus, ich such mir auch einen guten Anwalt ... Ja ... Und wenn die Biogasanlage steht, dann sollst du natürlich auch profitieren.

Leon sah mich an, aus irre geweiteten Augen. »Ich würd's für ein gefaktes Video halten, wenn mir das jemand gezeigt hätte. Echt. Ich konnte es einfach nicht glauben.«

Ich hatte ihm gebannt zugehört und versucht zu ermessen, was das alles bedeutete.

»Das dicke Ende kommt aber noch«, sagte Leon finster. »Ich hab ihn nämlich zur Rede stellen wollen. Ha, ich! War das allerbeschissenste Scheißgespräch aller Scheißgespräche ever. Er ist komplett ausgerastet. Hat doch tatsächlich behauptet, er mache das ja auch alles für mich, weil ich den Laden mal übernehmen würde. Ich hab ihn angebrüllt, dass ich keinen Hof von einem Betrüger übernehmen will. Und blöderweise gesagt, dass ich meine Sachen packen und zu euch gehen würde. Das hat ihm den Rest gegeben. Er meinte, *du* hättest Mama und mir und deinen Eltern die *Flausen* in den Kopf gesetzt. Und dann hat er gesagt, es wäre an der Zeit, Ulysses zu verkaufen.« Leon hatte sein Gesicht in den Händen vergraben.

»Deswegen Panama«, sagte ich.

»Ja. Er hat dir Ulysses doch versprochen. Verdammt!«

Ich nahm seine Hand und zog sie zu mir. Wir saßen lange so da, während ein Sturm durch meine Gedanken fegte, mal warm und belebend, mal kalt und zerstörerisch. Aber am Ende zählte das hier. Leon und ich, in Panama, mit dem entführten Ulysses und auf der Seite der Wahrheit. Es kribbelte in meiner Brust.

»Komm«, sagte ich und zog an seiner Hand, »es gibt bald Essen. Du hast doch bestimmt Hunger.«

Wir setzten uns beide auf Ulysses und ich schlang meine Arme um Leons Brust, während wir durch das Birkenwäldchen trabten, Richtung TIERRA. Echt filmreif.

33

So ritten wir auf dem Hof ein. Poppy kam sofort angeschossen und umkreiste Ulysses bellend und schwanzwedelnd. Ein paar Kinder bettelten, ob sie auch mal reiten dürften, bis Ulysses direkt neben Lans Bus einen ordentlichen Haufen Äpfel fallen ließ. Wir stiegen ab und ich band den Wallach an der Stoßstange des Busses fest.

»Oh, ein neuer Aktivist!« Kenyal zeigte auf Ulysses, hielt dann aber Leon die Faust hin, der seine kraftlos daraufdrückte.

»Super.« Alice gab ihm die Hand. Und Yoda grinste vor sich hin und machte Grimassen in meine Richtung.

Maya raste auf Leon zu und begrüßte ihn stürmisch. »Leeooooon!« Sie trommelte mit zarten Fäusten auf seinem Brustkorb herum. »Yesssss, endlich bist du auch da. Hast dir aber ganz schön Zeit gelassen.« Sie sah mich an. »Stimmt's?«

»Hm. Ich glaub, er hatte gute Gründe ... Hast du ein Zelt dabei?«

Leon schüttelte den Kopf. »Gut, dann fragen wir Edgar, wo noch was frei ist. Er hat eine Liste gemacht.«

»Moin.« Kruso stand plötzlich hinter mir und sah in Leons Richtung. »Darf ich dir was geben?« Wir blickten uns alle irritiert an.

»Joa«, antwortete Leon, »was denn?«

Kruso wühlte in seiner Hosentasche und legte dann etwas in Leons ausgestreckte Hand.

»Den hab ich mal auf dem Feldweg da vorn gefunden. Ich wusste zwar, dass er dir gehört, aber ich hab ihn behalten, als Glücksbringer – eigentlich. Dachte, das könnten wir brauchen. Glück, Superkräfte.« Er fuhr sich durch die Wuschelhaare und ich konnte kurz seine Narbe sehen. »Hat leider nicht gereicht.« Wir blickten alle in Leons Hand, in der eine LEGO Skywalker-Figur lag.

Leons Augen begannen zu leuchten. »O Mann, ja, der war plötzlich weg. Ein mittleres Erdbeben in meinem Universum.« Er grinste Kruso an. »Danke. Das Set, zu dem er gehört, habe ich tatsächlich noch im Keller.« Er steckte ihn in die Hosentasche. »Leider ist er ja böse geworden. Nicht der beste Glücksbringer.«

»Ja, er hat sich täuschen lassen.« Dass Kruso und Leon sich unterhielten, war ein Ereignis! Es hatte immerhin 16 Jahre gedauert.

»Aber jetzt haben wir Yoda«, warf ich ein.

Sie wackelte grinsend mit dem Kopf. »Glück ich bring.«

Paul kam angerannt und schrie schon von Weitem: »Da stimmt was nicht. Wir brauchen einen Arzt!«

»Was ist denn los?« Yoda winkte Alice heran, die gerade etwas mit Ivko besprach.

»Dahinten …«, er zeigte in Richtung der Grundstücksgrenze, »… haben welche Atemprobleme. Bei manchen ist das Gesicht geschwollen, ein paar haben rote Flecken. Und Halsschmerzen. Bestimmt zwanzig Leute. Und es stinkt wie in 'ner Lackiererei.«

Ivko und Kruso sahen sich an.

»Hol Sybill«, forderte Ivko. »Sie soll die Tasche mitbringen.« Kruso stürzte sofort davon. »Wo sind die Betroffenen?«
Paul zeigte auf ein kleines Grüppchen, das sich sehr langsam näherte.
»Was ist denn los?«, fragte Maya panisch.
»Klamm. Er spritzt wieder Gift, diesen clomazonhaltigen Scheiß. Ohne Vorankündigung. Und bei dieser Hitze. Der ist echt irre.«
Ich dachte an Poppy und blickte mich sofort panisch nach ihr um. Aber sie lag zum Glück vor meinem Zelt auf einer Decke.
Kruso kam mit Sybill angerannt. Inzwischen hatte uns auch die Gruppe der Giftopfer erreicht. Jemand hatte schon die Polizei informiert und ein Krankenwagen jagte mit Sirenengeheul heran. Sybill stürzte herbei, ihre Arzneitasche in der Hand. Immer mehr Aktivisten scharten sich um die Betroffenen und fragten uns Löcher in den Bauch. Wir gaben Auskunft, so gut wir konnten. Nur Leon war verstummt, hatte sich neben Ulysses auf einen Campingstuhl gesetzt und starrte vor sich hin. Ich wollte gerade zu ihm gehen, da kam Ute, ebenfalls mit Tasche in der Hand, und blickte sich suchend um. Als sie mich sah, kam sie direkt auf mich zu.
»Ava, zum Glück geht es dir gut.«
»Woher weißt du ...?«
»Ich hab den Krankenwagen gehört und wusste sofort, wohin er wollte. Aber die gute Sybill war natürlich schneller.« Sie lächelte zerknirscht. Dann sah sie Ulysses. »Was macht der denn hier?« Und gleich darauf ihren Sohn. »LEON?« Sie musterte mich kurz und eine Sekunde lang hatte ich das Gefühl, sie wolle mir Vorwürfe machen, aber dann zog ein Leuchten

über ihr Gesicht und sie stürmte auf ihren Sohn zu. Ich beobachtete, wie sie Leon an sich drückte, wie er seinen Kopf in ihrer Halsbeuge vergrub, wie sie sich ansahen, wie Ute ihn wieder an sich drückte. Wie sie weinten, redeten und Ulysses streichelten.

»Ist das nicht verrückt?« Kruso sprach mit zitternder Stimme. »Da ist die Polizei, die Sanitäter, ein Haufen Zeugen ... und trotzdem kann man nichts machen.«

»Wie meinst du das?«

»Klamm und seine Mafia sind einfach stärker. Er wird mit allem durchkommen ... Wir hatten da mal Kälber auf der Wiese. Die sind qualvoll verendet. Und wir mussten sogar selbst für die Kadaverbeseitigung zahlen. Die Versicherung von Leons Vater hat den Schaden nicht anerkannt. Und die Spritzprotokolle waren entweder gefälscht oder nicht einsehbar. Mit dem Agrobetrieb zusammen hat er dann noch gegen uns mobil gemacht. Wir würden ja nur Großbetriebe kaputt machen wollen.« Er zeigte zu Ute und Leon. »Aber das da rührt mich.«

»Ja«, sagte ich, »mich auch.« Dabei dachte ich an die Karten zur Klimawoche, die Frau Liebscher verteilt hatte. Das war gerade mal zwölf Tage her. Alles hatte sich seitdem für mich geändert. »Ich hab jetzt übrigens einen neuen Insta-Namen. @avacado hat ausgedient. Ich heiße ab sofort @biotönnchen.«

Kruso grinste. »Mutig.«

»Karl, wir brauchen die Matratzen.« Sybill winkte ihn zu sich. »Schnapp dir ein paar Kerle und schleppt sie in die gute Stube.«

»Was?«

»Ein Mädchen muss in die Klinik, die anderen quartieren

wir im Zimmer von *Queen Mum* ein. Da kann ich mich auch besser um sie kümmern. Und komm mir nicht mit Papa. Er will sicher nicht auch noch eine Anzeige wegen unterlassener Hilfeleistung.«

Kruso machte sich davon.

Ich ging zu Leon. Ute war verschwunden und er saß wieder alleine auf dem Campingstuhl und tippte auf seinem Handy herum.

»Ein Glücksbringer scheint dieser Skywalker wirklich nicht zu sein.«

Leon blickte auf. Er lächelte, hielt sein Handy an den Mund und sagte: »Siri, definiere Glück.«

Etwas, was Ergebnis des Zusammentreffens besonders günstiger Umstände ist; besonders günstiger Zufall, günstige Fügung des Schicksals, erwiderte die mechanische Frauenstimme.

»Hm«, machte Leon, stand auf, tätschelte Ulysses und sah mich dann an. »Ich weiß nicht. *Fügung des Schicksals*.«

»Hey, das ist wieder etwas, das uns alle verbindet«, sagte ich, »wir alle wünschen uns, glücklich zu sein.« Er nickte. »Du wolltest doch auch noch etwas dazu sagen.« Wir standen uns gegenüber und streichelten beide Ulysses.

»Ja.« Er schwieg eine Weile. »Aber eigentlich dachte ich dabei an etwas, das *uns* beide verbindet.« Seine Hand kam meiner immer näher. »Nämlich ganz schön viel. Unsere Kindheit zum Beispiel und unsere Jugend. Unsere Erlebnisse. Unsere Gemeinsamkeiten.« Er zeigte auf Ulysses. »Dass wir uns ohne Worte verstehen und uns beieinander sicher fühlen.« Sein Blick schweifte in die Ferne. »Also, dachte ich jedenfalls.« Er sah mich wieder an. »Dass wir Andenken voneinander aufbewahren, uns immer wieder vertragen und natürlich auch, dass wir beide Panama-Experten sind.« Leon berührte wie zufällig meine Hand und blickte mich dabei an. Ich fühlte, wie mir das Blut in den Kopf schoss. Er lächelte.

»Hey, ihr Turteltauben, habt ihr das neue Video schon gesehen? Ging vor 'ner halben Stunde online.« Kenyal und Lan kamen filmend auf uns zu.

Ich zog meine Hand zurück, wollte keine weiteren Bemerkungen von Kenyal riskieren, die etwas von dem Zarten kaputt machen könnten, das gerade erblühte.

»Bisher nicht ...« Ich war noch weit weg und brauchte einen Moment, bis meine Gedanken wieder im Camp ankamen. »Was ist mit den Giftverwehungen? Habt ihr davon etwas dokumentieren können?«

»Sicher. Aber das ist ja ein anderes Thema, oder?« Kenyal sah Leon an, der seinem Blick auswich. »Schöne Scheiße, was?« Leon nickte abwesend. »Kommt!« Kenyal zeigte zum Infozelt. »Ihr müsst euch das Video angucken.«

Ich griff nach Leons Hand, die warm und weich war, und zog ihn hinter mir her ins Zelt. Wir setzten uns auf eine der Bierbänke. Kenyal holte einen Teller Pastinaken-Kartoffel-Pampe für Leon, was außer Frage super aufmerksam war.

Es fing mit einer spektakulären Animation des Urknalls an. Dann unser Logo, der Wal mit Flügeln und die Worte *Wir sind die Flut*. Vom Wal Überblende in die Drohnenaufnahme, die das Zeltdorf von oben zeigte, in der Mitte das Spruchband, auf dem groß *www.SoLaWi-Tierra.de* stand, und die sich immer weiter in die Höhe schraubte, bis der ganze verrückte, bunte und laute Ring der Aktivisten, samt Plastikwal und Arche, *Strand* und *Blühstreifen* – aus lebenden Blumen – ins

Bild kam. Kenyals Trommelwirbel folgte und alles Leben erstarb. Die ganze bunte Meute kollabierte und es wurde totenstill. Ich hörte lediglich Poppy bellen und ein Kind weinen. Eine computeranimierte Flutwelle überschwemmte alles bis zur blauen Plane. Aus der Mitte wuchs ein grünes Grasbüschel, das immer größer wurde und nach einem Perspektivwechsel zu Kenyals Kopf gehörte.

»Habt ihr Angst?« Ein Schnarchen ertönte. »Hey, aufwachen, Leute, es ist Murmeltiertag! Ja, so sieht's aus. Wieder dieses Thema. Und auch die nächsten Tage noch. Denn wir brauchen euch. Heute rufen wir zu einer Aktion auf, mit der ihr konkret und ganz schnell etwas tun könnt. Nein, ihr müsst dazu kein Bienenkostüm anziehen. Ihr müsst nicht einmal das Haus verlassen, wenn ihr euch da noch sicher fühlt. Ihr müsst nur online einen Dauerauftrag einrichten. Und schon unterstützt ihr Kruso und seine Familie.« Die Kamera zoomte heraus und Kruso kam mit ins Bild. »Kannst du uns etwas mehr dazu erzählen?«, fragte Kenyal.

Und Kruso sprach. Es war ein Ereignis. Er sprach klar und direkt und fasste die Situation so perfekt zusammen, dass ich mich dabei ertappte, wie ich auf seine Ohren starrte, um herauszufinden, ob ihm jemand den Text vorsagte, per Funk oder so. Doch da war nix. Kruso blickte direkt in die Kamera, was natürlich etwas anderes war, als jemandem in die Augen zu sehen. Aber er schaffte das Kunststück, alle Probleme zu benennen, ohne Klamm ins Spiel zu bringen, ohne irgendwen zu verteufeln, ohne sich aufzuregen. Und doch war klar, dass es um alles ging, als er am Ende sagte: »Wir brauchen euch für die Umstellung. Ihr seid unser Nährboden, auf dem wir *anbauen* können.«

Ich blickte mich um. Ivko und Kruso saßen inzwischen auf einer anderen Bierbank. Ivko hatte seinem Bruder einen Arm um die Schulter gelegt und nickte die ganze Zeit vor sich hin. Ja, er hatte ihn gut gebrieft.

Nun kam ich ins Spiel. Die Kamera schwenkte zur anderen Seite, wo ich stand, mit Blumenband im Haar und roten Wangen. Das hatten wir schon am Vortag aufgenommen.

»Ava, du hast die Idee gehabt und den Traktor ins Rollen gebracht.«

»Ja, ich gehe hier aufs Gymnasium, das untergehen wird, und wohne außerdem schon immer in den Vier- und Marschlanden, die auch untergehen werden, und bin daher mit euch hierher *ausgewandert*, auf den Hof der Rusowskis, eines der wenigen Plateaus in der Gegend. Da bekommt man natürlich einiges mit vom Bauernleben. Die Familie ist von morgens bis abends im Einsatz. Und trotzdem wird klar: Das lohnt sich alles nicht mehr. Sie bekommen zu wenig Geld für die Erträge und können nicht modernisieren. Die Dürre und die ganzen Chemikalien haben zudem den Boden ziemlich kaputt gemacht. Und es gibt kaum noch Insekten, die am meisten unterschätzte Gefahr überhaupt. Jetzt möchte die Familie auf biologische Landwirtschaft umstellen. So einfach, wie es sich anhört, ist es aber leider nicht. Da hatte ich die Idee, dass wir den Hof doch absichern könnten, indem ungefähr 300 Unterstützer aus Hamburg und Umland feste Ernteanteile kaufen, zu einem monatlichen Festpreis von erst mal 120 Euro. Im nächsten Jahr kann der Eigenanteil dann in Bieterrunden individuell festgelegt werden. Wir suchen noch Verteilstellen, wo ihr die Erträge abholen könnt. Das ist das Konzept der Solidarischen Landwirtschaft. Gibt es schon ungefähr 250-mal in Deutschland. Funktioniert super! Und die Mitglieder können dann auch hierherkommen, mithelfen, zugucken, wie die Möhren wachsen, und wissen genau, was sie da bekommen. Ein bis zwei große Feste im Jahr soll es auch geben.«

»Tolle Idee, Ava!«

»Ja, aber nicht allein meine. Da hängen viele mit drin. Und es gibt noch viel zu tun. Und ihr alle könnt etwas dazu beitragen. Wir brauchen zu den festen Abnehmern auch noch Unterstützer, die für die nötigen Anschaffungen aufkommen. Dafür haben wir eine Crowdfunding-Kampagne gestartet. Es gibt tolle Angebote für euren Einsatz. Da würd ich selbst gern mitmachen.«

»Ja, ich für meinen Teil werde den Imkerkurs belegen und habe mich für eine Wildbienenpatenschaft eingetragen.« Die Kamera zoomte auf Kenyal. »Ihr fragt euch vielleicht, was das alles mit unserer Aktion hier zu tun hat, also dem Anstieg des Meeresspiegels. Ganz einfach: Die konventionelle Landwirtschaft mit dem ganzen Gülleüberschuss, dem Gespritze und der gigantischen Fleisch- und Biospritproduktion ist für ungefähr ein Drittel der CO_2-Emission verantwortlich. Und die trägt bekanntlich erheblich zur Erderwärmung bei.« Per Tricktechnik stieg das Wasser im Bildausschnitt an. Zunächst bis zu Kenyals Kinn. Er reckte es in die Höhe, während er sprach. »Den Rest kennt ihr ja.« Das Wasser stieg weiter, sein Kopf lag nun komplett im Nacken, und er redete zunehmend schneller: »Also, ihr zukünftigen Überlebenden, kratzt eure Kohle zusammen oder macht euren Eltern die Hütte heiß. Wenn ihr untergeht, bringen die Moneten euch eh nichts mehr!« Und damit erreichte das Wasser den oberen Bildschirmrand und aus Kenyals Mund stiegen nur noch Blasen auf, bis unser geflügelter Wal ins Bild kam. *Lass uns das Unmögliche möglich machen!*, stand nun auf seinem Bauch. Darunter poppten die Links zur noch rudimentären SoLaWi-Website und Crowdfunding-Plattform auf. Auf sein übliches QUID PRO QUO hatte Kenyal verzichtet. Das war aber auch ein ganz schönes Auf-ihn-ein-Gerede gewesen.

Das Video war der Hammer. Ich konnte einfach nicht anders, als Kenyal einen Kuss auf die Osterhasenbacke zu drücken.

Ich drehte mich zu Leon. »Und?«

Er lachte. »Ihr seid verrückt.« Ich sah ihn enttäuscht an. »Aber auch genial.« Er stieß mit seiner Schulter an meine. »Wie kommt man auf so irre Ideen?«

»Willkommen auf TIERRA. Hier erblüht die Schöpfungskraft.«

»Gut. Mal sehen. Könnte mir nicht schaden. Bin gerade eher *aus*geschöpft.«

Edgar stand mit einem Plan in der Hand vor uns. »Dann stecken wir dich doch am besten ins große Tipi zur Bienentruppe. Da ist immer was los.«

Leon blickte mich an. »Und wo bist du?«

»Genau gegenüber, im *Raumschiff*.«

»Oh. Klingt abgehoben.«

»Nee, das heißt nur so, weil Yoda mit im Zelt ist.«

»Ah, das ist die aus Kenyals Video.«

»Du weißt davon?«

»Ja klar. Ihre Story taucht ständig auf, wenn man *Wir sind die Flut* und *Streik* googelt. Und da kommen nicht nur positive Kommentare ...«

»Sondern?«

»Hm. Manche nehmen es ihr übel, dass sie einen anderen Namen benutzt, schreiben, dass sie 'ne *militante Lesbe* wäre oder dass sie *wieder mal* aufhetzen würde. So was. Übelste Beleidigungen. Will ich nicht wiederholen.«

»Davon hat sie gar nichts erzählt. Und lesbisch ist sie auch nicht.«

»Das ist den Hatern doch egal. Die suchen nur eine Projektionsfläche für ihre Aggressionen. Und da kommt ihnen eine toughe Aktivistin gerade recht.«

Ich war verblüfft, dass Leon offensichtlich so viel mehr wusste als ich.

»Über dich stand da übrigens auch was.«

»Über mich?«

»Dein Vater ist ja immerhin ein angesehener Anwalt. Und dass er nun ausgerechnet *den* Hof unterstützt, auf dem seine Tochter ein Protestcamp errichtet hat ... na ja, er hat wohl ein paar Mandanten verloren.«

»Bist du sicher? Warum weiß ich davon nichts?«

»Vielleicht, weil ihr hier kaum Empfang habt.« Er grinste.

»Und steht da auch was über deinen Vater?«

Er wurde sofort ernst. »Ja. Ich habe es für Fake News gehalten. Aber jetzt ...« Wir schwiegen eine Weile. Edgar rollte eine Seitenplane des Zelts hoch. Draußen wurde gesungen und getrommelt, gelacht und getanzt. Ein Transporter lieferte Müsli, Reis und Klopapier in riesigen Mengen. Auf der Wiese vor den Dixi-Klos spielte ein Grüppchen Volleyball.

»Ava«, Leon blickte mich an, »alles ist plötzlich anders. Einfach alles!«

»Ja, irgendjemand hat die *Reset-Taste* gedrückt.« Wir sahen Kenyal mit Paul aus dem Zelt laufen, Hand in Hand. »Aber *anders* muss ja nicht schlecht sein. Es kann doch auch gut werden.«

»Im Moment kann ich mir das nicht vorstellen.« Er riss sich ein Lederbändchen mit einem Löwenkopf vom Arm, das er von seinem Vater bekommen hatte, und warf es auf den Boden. Ich hob es wieder auf.

»Das kommt in meine Schublade.«

»AVA!« Er wollte es mir aus der Hand nehmen, aber ich zog es weg.

»In einem Samtsäckchen.«

»AVA!« Er schubste mich von der Bierbank. Ich lachte und versteckte das Band in meiner geschlossenen Hand. Er warf sich auf mich und wir balgten, während Poppy, die ins Zelt geschossen kam, um uns herumhüpfte und Leon anbellte.

»Du verrückte Mistbiene«, sagte er.

»Du sturer Stinkebär.«

»Du völlig durchgeknallte Bratzlaus.« Wir lachten.

»Du militanter Zockelgockel.«

»Zockelgockel? Was soll 'n das sein?«

»Was Neues eben.«

»Okay.« Er setzte sich. »Dann auf zu neuen Ufern.« Er öffnete seine zur Faust geballte Hand und zum Vorschein kam meine kleine graue Muschel, die mir aus der Tasche gefallen sein musste. Als ich sie ihm abnehmen wollte, schloss er die Finger schnell wieder um die Muschel. »Mein neuer Glücksbringer.«

34

Der Abend war zwar ruhig verlaufen, aber die Anspannung war uns anzumerken. Alles hing nun von den Reaktionen der Online-Community ab. Wenn der Klassenchat die allgemeine Stimmung wiedergab, stünde es fifty-fifty. Sally, Saskia und David standen inzwischen voll hinter mir und der Aktion. Sie teilten jeden unserer Beiträge und jede positive Erwähnung in den Medien und posteten auch selbst lauter kämpferische Aufrufe. Es war einfach nur wunderbar. Sie hatten sogar mit Pelzi und ein paar anderen eine Klima-AG gegründet. Aber dagegen stand die Klimaleugner-*Wand*, die von Ben und Besat angeführt wurde. So politisch war unsere Klasse noch nie gewesen. Endlich mal eine *Challenge*, bei der es wirklich um etwas ging. Es hielten sich zwar viele aus dem Post-Gefecht heraus, aber ich war mir sicher, dass es vor allem diejenigen waren, die sich nicht trauten, sich gegen Ben und seine Jungs aufzulehnen, weil er ein Meister war im *Auf-dicke-Hose-Machen*. Das schüchterte ein. Ich fragte mich, ob Leon immer noch mit ihm befreundet war, würde *ihn* das aber sicher nicht fragen. Er hatte gerade die größte persönliche *Challenge* seines Lebens zu bestehen.

Ich lag allein im Zelt, als der Morgen dämmerte und eine Amsel einen Gutenmorgengruß zwitscherte, und dachte über alles nach, was in den letzten zwei Wochen passiert war. Eine Amsel! Ein sehr gutes Zeichen. Davon gab es ja auch immer weniger. Yoda war natürlich schon draußen und machte ihren *Frühsport*: Nachrichten checken und das Netz nach News durchforsten. So hatte ich noch einen Moment für mich, um den Vortag Revue passieren zu lassen und mit einem wohligen Kribbeln in der Magengegend an Leon zu denken.

»Ava, du glaubst es nicht!« Yoda riss die Zeltplane zur Seite und strahlte mich an.

»Was?«

»Wir haben schon 130 Anteile. Dabei ist das Video erst gestern Abend online gegangen. Und drei Angebote für Verteilstellen. Und noch etwas Supercooles: Alnatura und der NABU haben eine Initiative, die Bauern bei der Umstellung auf Bio unterstützt. Irgendwer hat die Rusowskis vorgeschlagen – und bingo!!!« Sie zog mich aus dem Zelt und hüpfte mit mir auf der Stelle. »Wir schaffen es ... wir schaffen es ... wir schaffen es!«, trompetete sie und ließ die Medusaschlangen um ihren Kopf tanzen.

Ich war völlig durch vom gestrigen Tag und konnte gar nicht so schnell realisieren, was sie da gerade verkündet hatte. Das würde bedeuten, dass wir, wenn es im gleichen Tempo weiterging, spätestens am nächsten Tag schon alle Anteile zusammenhätten. Yoda machte einen solchen Lärm, dass nach und nach aus allen Zelten Köpfe gestreckt wurden und verschlafene Gesichter auftauchten. Kruso und Ivko, die schon mindestens eine Stunde gearbeitet hatten, kamen heran und streiften ihre Handschuhe ab.

Maya stürmte auf mich zu. »Ava, Sally hat mich gerade angerufen. Sie haben die Schulleitung davon überzeugt, das Gemüse für die Kantine jetzt von den Rusowskis zu beziehen.

Wahnsinn. Das sind richtig große Mengen. Ab sofort soll es nämlich auch vegane Angebote geben!«
»Wirklich?« Ich griff nach Mayas Händen und drückte sie. »Das ist sogar noch besser, als ich gedacht hätte. Unglaublich!« Ich blickte wieder zu Yoda. »Und das Crowdfunding?«
Sie stoppte die Hüpferei, sah mich belustigt an und brüllte dann: »Ebenso, Sweetheart, ebensooooo. Die scheinen alle nur auf so was gewartet zu haben. Und das Video war natürlich auch endgeil.«
»Nein.«
»Doch.«
»NEIN!«, brüllte ich.
»DOCH!«, schrie sie zurück. Das wäre noch ewig so weitergegangen, wenn nicht plötzlich Kruso in Tränen ausgebrochen wäre. Er heulte drauflos wie ein Verschütteter, den sie aus den Überresten seines zerfallenen Hauses gezogen hatten und der eben begriff, dass sein Leben noch nicht zu Ende war. Ivko nahm ihn in den Arm und drückte ihm einen liebevollen Kuss auf die Wange, was wieder mal bestätigte, dass der erste Eindruck eben doch nur ein erster Eindruck war. Ivko hatte Gefühle, und zwar schöne Gefühle.
Inzwischen war eine Energiewelle durch das Camp gefegt und hatte sogar die größten Schlafmützen aus den Federn gespült. Immer mehr ungläubig blickende Aktivisten kamen zu uns, lagen sich in den Armen und jubelten so laut, dass es sicherlich bis in den Ort zu hören war, vielleicht sogar bis zur Schule. Auch Sybill kam mit drei der Giftgeschädigten, denen es langsam wieder besser ging, aus dem Haus, lief auf ihre Söhne zu und drückte sie an sich. Einige der Polizisten, die

wir inzwischen schon beim Namen kannten, näherten sich ohne ihre Kappen und Waffen und freuten sich mit uns. Als ich Leon sah, fiel ich ihm um den Hals und presste ihn so lange an mich, wie es mir die Gunst der Stunde erlaubte. Vor lauter übermütiger Gefühle gab ich ihm sogar einen Kuss. Auf den Mund! War aber selbst so verblüfft, dass ich mal wieder rot wurde und mich schnell zu Kruso umdrehte, der mir doch glatt die Hand schütteln wollte. Ich umarmte auch ihn, aber nur ganz kurz.

Erst jetzt schlüpfte ein *Wawuschel* aus dem QUID PRO QUO-Bus. Kenyal sah vollkommen zerstört aus, die grünen Zotteln in alle Richtungen abstehend, eine Schlaffalte quer über einer Wange, ungeschminkt und mit kleinen Äuglein. Er hatte doch tatsächlich einen Micky-Maus-Schlafanzug an, als er in die Menge eintauchte und sich feiern ließ. Sein bulliger Beschützer saß auf einem Campinghocker und trank Kaffee. Wahrscheinlich hatten sie ihm Haschkekse untergejubelt oder so. Die tobende Menge schien ihn jedenfalls kaltzulassen. Als dann aber ein SUV etwas zu schnell in die Auffahrt einbog, kam Leben in den Koloss und er fixierte die Karre, die mir sehr vertraut war. Papa stieg aus, im Anzug.

»Ist das dieser Klamm?«, flüsterte mir Yoda zu.

»Nein, er vertritt den Mandanten der Gegenseite.«

»Moment mal ... du meinst ...?«

»Genau, das ist mein Papa.« Er kam direkt auf mich zu und breitete die Arme aus.

»Avalina.« Ich ließ mich bereitwillig umarmen und stellte fest, dass es mir seit dem Polizeieinsatz, für den er mir so gute Tipps gegeben hatte, nicht mehr peinlich war. Trotz SUV und teurem Anzug war er auch irgendwie einer von uns. Klar, es gab noch Luft nach oben. Aber sein Einsatz für unsere Sache wog vieles auf.

»Was machst du hier?«

»Ich habe einen Termin mit meinem Mandanten.«

»Hier?«

»Ja. Mein Mandant …«, er öffnete die Mappe in seiner Hand und blickte auf die erste Seite, »Herr Rusowski«, er grinste, »konnte seine Maschinen nicht so lange ruhen lassen und bittet mich in seine *Kabine*.« Er sah zum angrenzenden Feld hinüber, auf dem ein Traktor den Ackerboden pflügte.

»Kabine? Im Traktor?«

»An seiner Arbeitsstelle, ja.« Papa ließ die Mappe zuknallen und schaute mich auf eine ungewohnte Weise frech an. Er war wie ausgewechselt. Seine Haare waren ein wenig herausgewachsen und irgendwie wuscheliger als sonst. Er hatte einen Dreitagebart wie zuletzt im Studium und seine Augen glänzten klar und lebendig wie nach einem Bad in eiskaltem Wasser.

»Wie sind denn die Aussichten für die Rusowskis? Da hängt nämlich einiges von ab.«

»Macht ihr mal schön weiter«, sagte er und winkte Bruno zu, der seinen Trecker angehalten hatte und ihm ein Zeichen gab. »Konrad hat die Anzeige zurückgezogen. Und er hat jetzt selbst eine am Hals, wegen der Pestizidverwehungen. Könnte ein Präzedenzfall werden, bei so vielen Zeugen. Jedenfalls muss er jetzt erst mal sehen, wie er aus dem ganzen Schlamassel wieder rauskommt, und dabei bestenfalls noch seine Ehe retten. Von dem habt ihr nichts mehr zu befürchten.« Er machte eine Pause und ich konnte förmlich sehen, wie er sich die nächsten Worte zurechtlegte. »Was die Schule angeht, sieht es allerdings auch nicht besonders gut aus. Es gibt ein paar Elternteile, die *not amused* sind. Bisher konnte eine Befreiung von der Schulpflicht erwirkt werden, weil eine gleichwertige Förderung anderweitig gewährleistet ist. Paragraf 39 des Hamburger Schulgesetzes.«

»Gleichwertige Förderung?«

»Ja klar, Schulung in politischem Handeln, Selbstverantwortung, sozialen Prozessen, Recht, Hauswirtschaft, Medien, Plakatkunst, freie Rede, Landvermessung, Klimakunde und natürlich Landwirtschaft. Frau Rossnagel wird die Aktion als Praktikum an einem außerschulischen Lernort deklarieren.« Er sprach übertrieben leise hinter vorgehaltener Hand weiter. »Doch das vereinbarte Zeitfenster schließt sich. Aber pssst.« Er hielt einen Finger an die Lippen.

»Papa!« Ich boxte ihm in die Seite.

Er hob eine Hand in die Luft. »Hey, ich gehöre nicht zu den Querulanten.«

»Ach, du bist also *amused*?«

»Und wie.« Er holte seine Brieftasche heraus, öffnete sie und zeigte mir einen Zeitungsausschnitt mit Foto. Ich mit dem faltigen Polizisten, dem eine gelbe Luftschlange über der Schulter hing. Das musste jemand gemacht haben, als ich dazu beigetragen hatte, die blaue Wand zum Rückzug zu bewegen. »Wissen Sie, Fräulein«, sagte Papa gedehnt, »diese junge Dame ist meine Tochter.« Er klappte die Brieftasche zu. »Und jetzt muss ich mich leider verabschieden. Mein Mandant wartet.« Er umarmte mich und stapfte über den erdigen Boden davon. Erst jetzt fiel mir auf, dass er seine Wanderschuhe anhatte. Und das sah zu dem piekfeinen Anzug verdammt lässig aus.

35

Bis zum Abend des nächsten Tages waren wie vermutet alle Anteile vergeben und die erste Etappe der Crowdfunding-Kampagne erreicht. Alice schlug den Gong und verkündete im Infozelt, dass die Stadt inzwischen auch auf uns aufmerksam geworden wäre und den Rusowskis das Nachbargrundstück günstig verpachten wolle. Es sei öffentlich angekündigt worden, dass städtische Ackerflächen nun nur noch an Öko-Landwirte vergeben werden dürften und daran gearbeitet werde, es mit den Subventionen ebenso zu halten. Außerdem hatte sich im Alten Land eine Gruppe Anwohner und Apfelbauern nach unserem Vorbild zusammengetan und dort auch ein Protestcamp errichtet. Das Wichtigste erwähnte sie zum Schluss: Den Giftkranken ging es schon viel besser und das Mädchen, das ins Krankenhaus musste, war nach Hause entlassen worden. Viele jubelten, klatschten oder fielen sich in die Arme.

»Ihr wundervollen Mitstreiter, wir haben einen riesigen Schritt getan und das ist einfach nur großartig. Aber wir müssen dennoch weitermachen. Das war nur ein Anfang. Um die Klimaerwärmung zu stoppen, ist noch ein riesiger weltweiter Kraftakt notwendig. Und dafür braucht es alternativen *Kraftstoff*, Menschen wie uns, die nicht aufgeben, gegen die Wand aus Ignoranz, Selbstsucht und Ohnmacht anzukämpfen. Lasst uns dafür sorgen, dass der Ruf eines Unternehmens künftig davon abhängt, wie stark es sich für den Erhalt des Gemeinguts einsetzt, zum Beispiel des wertvollen Bodens.« Sie winkte Kenyal und mich auf das Kistenpodest. »Oft braucht es nur eine Idee«, sie zeigte auf mich, »und ein Medium«, sie zeigte auf Kenyal, »um einen Stein ins Rollen zu bringen. Lasst uns alle Kräfte bündeln, um noch viele solcher Steine loszutreten.« Sie reckte eine Faust in die Höhe.

Es wurde gejubelt und irgendjemand begann, unseren Slogan zu brüllen, bis alle anderen mit einfielen:

»WIR BLEIBEN AUF DEM ACKER STEHN,

DAMIT WIR NICHT BALD UNTERGEHN.«

Alice drückte mich an sich. »Wer hätte das vor zwei Wochen gedacht?«

»Ja, es ist fast ein Wunder.«

»Morgen starten wir die nächste Aktion. Die Brasilianer wollen die Kornpreise senken. Sie haben viel mehr Land und viel billigere Arbeitskräfte als wir hier. Das wird die konventionelle Landwirtschaft bei uns weiter belasten – übrigens auch Klamm ... Aber viel schlimmer ist, dass sie dafür noch größere Flächen Regenwald roden werden. Und du weißt, was das bedeutet.«

»Alice, ich werde nächste Woche wieder zur Schule gehen.«

»Was?«

»Es ist so viel passiert. Ich habe das Gefühl, ich möchte jetzt dort etwas bewegen. Vielleicht werden wir die erste Schule sein, die einen eigenen Klimakanal auf YouTube startet. Ich habe hier so viel gelernt und unzählige Ideen gewonnen. Eine Klamottentauschbörse, ein Repair-Café. Mit Ivko habe ich schon besprochen, dass Seminare und Praktika auf dem Hof stattfinden können. Wir müssen Klimaschule werden und das verwilderte Grundstück genau neben dem Schulhof könnte ein Gnadenhof für ein paar alte Ziegen werden, die wir gemeinschaftlich versorgen. Eine Zusammenarbeit mit einem Bildungsprojekt für Nachhaltigkeit wäre möglich. Die Kids aus der Unterstufe brauchen Unterstützung für ihre Schulwegaktion und überhaupt müssen die Eltern viel mehr mit ins Boot geholt werden. Ich werde für eine überwiegend vegane Kantine kämpfen und für Solarpanels auf dem Dach. Die Lehrer sollten Recyclingpapier nutzen und Schulbücher im nächsten Jahr wiederverwenden ... und freitags komme ich immer hierher und wir vernetzen uns.«

Alice lächelte. »Als du das erste Mal zu unserem Treffen gekommen bist, da hätte ich nicht gedacht, dass aus dem zarten Pflänzchen so eine kraftvolle Aktivistin erblüht. Natürlich respektiere ich deine Entscheidung.« Sie drückte mich an sich. »Und du hast recht, es ist wichtig, dass die Bewegung in den Schulen startet.«

»Danke, Alice.«

Wir blickten uns lange an, während um uns herum weiter skandiert und getrommelt wurde. Und dieser Blick war wie ein Ritterschlag für mich und ein gewaltiges JA zum Leben.

Als wir aus dem Zelt traten, ging die Sonne gerade unter und tauchte alles in ein wunderschönes Rot. Den Hof, die Felder, das Zeltdorf, auch Leons Zuhause. Es war ein surreal friedlicher Moment. Die Drohne drehte ihre abendliche Runde und Poppy tobte mit ihren neu gewonnenen Hundefreunden über den Platz. Das Lagerfeuer knisterte schon. Die letzten Kamerateams verließen den Hof. Jemand spielte Gitarre und sang dazu. Zwei der Polizisten kamen mit leeren Boxen, um sich

Essen abzuholen. Es war verrückt. Ich war wahnsinnig glücklich, dabei drohte den Rusowskis immer noch diese Zwangsversteigerung, mein Patenonkel hatte sich als herzlos und selbstbezogen entpuppt und der steigende Meeresspiegel würde nach wie vor meine Heimat überschwemmen, wenn nicht alles viel schneller ging. Und ich war glücklich? Durfte ich das überhaupt? Durfte ich glücklich sein, obwohl unsere kleinen Erfolge die Klimakrise und das Artensterben noch lange nicht aufhalten würden? Ja, ja und ja! Unbedingt. Was hatte denn die Welt davon, wenn ich Trübsal blies? *Sei du selbst die Veränderung, die du dir wünschst in dieser Welt.* Das war ich. Ich *war* die Veränderung, die ich in der Welt sehen wollte. Noch vor Kurzem hatte mich eine lähmende Düsternis ausgefüllt. Ich hatte mich ohnmächtig gefühlt, zutiefst deprimiert und pessimistisch. Jetzt war alles hell in mir. Ich brachte Dinge in Bewegung, gute Dinge, für die Gemeinschaft, für die Umwelt. Für alles, was uns verband.

Ein Polarforscher hat einmal gesagt, die größte Bedrohung für unseren Planeten sei die Überzeugung, dass ihn schon jemand anders retten würde. Ich würde nicht mehr auf *jemand anders* warten. Wir hatten einen Anfang gemacht. Einen kleinen Anfang in einer großen, verrückten, aber auch wunderbaren Welt. Ja, es war ungewiss, wie es weitergehen würde. Es war ungewiss, ob das Wasser kommen und hier alles überschwemmen würde. Aber in diesem Moment, gerade jetzt, während die Abendsonne das Tal in rotes Licht tauchte, während Kruso mit seinem Vater und Ivko auf dem Mäuerchen unter der Linde saß, während Mama und Ute einige Bleche Kuchen zur Feier des Tages heraustrugen, während Sybill sich weiter um die letzten Kranken in der guten Stube kümmerte, während Yoda und Alice die vielen Anfragen zukünftiger SoLaWisten beantworteten und Kenyal mit Paul und den Handymädchen eine Insta-Story mit goldener Mistgabel drehte, während Ulysses auf der Wiese graste und während Leon meine Hand hielt – war ich glücklich. Und das würde mir niemand mehr nehmen können.

36

Noch am selben Abend verbuddelten Kruso und Leon zusammen die Skywalker-Figur hinter den Dixi-Klos. Es war ein Befreiungsschlag der Extraklasse. Niemand musste dafür sterben. Und Kruso war nun nicht mehr allein auf seiner Insel. Wir auch nicht.

Nachwort

Avas Wut ist eine Wut, die ich schon aus *meiner* Jugend kenne. Damals ging es um Atomkraft, Tierversuche, den sauren Regen, den Golfkrieg und noch einiges mehr. Ich habe Unterschriften gesammelt, an Workcamps teilgenommen, Baumpatenschaften übernommen und vor allem geschrieben: politische Texte, Tagebuch und Briefe an einflussreiche Persönlichkeiten. Man sagte mir, es habe doch eh keinen Zweck, als 16-Jährige an Minister oder sogar den Bundespräsidenten zu scheiben. Ich habe es trotzdem getan. Einmal ging es um den Bau einer Autobahnbrücke, direkt über unseren Park hinweg. Ich wohnte damals in einer kleinen Gemeinde in Süddeutschland. Die Autobahn hätte diesen Ort, der noch dazu in der Nähe eines Naherholungsgebiets liegt, dauerhaft beschädigt. Ich schrieb also an den damaligen Verkehrsminister von Baden-Württemberg und bat ihn, von dem Vorhaben abzusehen. Und er hat mir tatsächlich geantwortet! Vor dem Jahr 2000 (das war zu diesem Zeitpunkt noch 15 Jahre hin) würde die Brücke sicher nicht gebaut werden, schrieb er. Und was das Entscheidende war: Er erwähnte es nicht in der Öffentlichkeit, sondern ausschließlich in diesem Brief. Bald klingelten die Grünen an unserer Tür und kopierten sich das Beweisstück. Bis heute wurde diese Brücke nicht gebaut und das Vorhaben ist nun ganz vom Tisch. Wie groß mein Anteil daran war und ob dieser Brief überhaupt einen Einfluss hatte, weiß ich nicht. Aber wie viele von euch heute, habe ich mich damals nicht einschüchtern lassen. Ich habe daran geglaubt, dass mein Wirken einen Sinn hat. Und wie bei der *Fridays for*

Future-Bewegung wurde ich gehört, manchmal mit weniger, manchmal mit mehr Erfolg. Über die Jahre habe ich diesen Glauben ein wenig verloren. Aber seit es diese wunderbare Initiative der heutigen Jugend gibt, bin ich wieder voller Optimismus und sehe »den blühenden Acker« wie Kruso in *Wir sind die Flut*. Kruso hofft nicht, Kruso erschafft. Wenn er »den blühenden Acker« sieht statt ein ausgetrocknetes, kaputtes Feld, wie sein Vater es tut, der darüber verzweifelt, dann schickt er keine Hoffnung in die Zukunft, sondern lässt die Zukunft in seinen Gedanken schon entstehen. Denn *mit unseren Gedanken erschaffen wir die Welt*, wie es in den alten Weisheitslehren heißt.

Ava ist meine Heldin: Sie überwindet ihre Angst, springt ins kalte Wasser und bewegt etwas. Aber Kruso ist ebenso mein Held, denn er lässt sich nicht aus der Ruhe bringen, liebt alle Wesen bedingungslos, bleibt immer friedlich, freundlich und hilfsbereit, ein bisschen wie Gandhi, der, wie in diesem Buch zitiert, sagte: *Sei du selbst die Veränderung, die du dir wünschst für diese Welt.*

So habe ich mit Ava die Heldin erschaffen, die ich in meiner besten Version gewesen wäre, und mit Kruso den Helden, der ich gerne werden würde.

Annette Mierswa war bereits für Film, Theater und Zeitung tätig und arbeitet heute als freie Autorin in Hamburg. Ihre Kinder- und Jugendbücher wurden in mehrere Sprachen übersetzt, mit diversen Preisen ausgezeichnet und »Lola auf der Erbse« auch verfilmt. Annette Mierswa hat ein Stipendium des deutschen Literaturfonds erhalten und bietet Lesungen und Schreibworkshops an. Sie hat zwei Hamburger Jungs.

Fridays for Future:
https://fridaysforfuture.de/

Mitmachen bei Greenpeace:
https://www.greenpeace-jugend.de/

**Klima-AG gründen
(Anregungen, Hilfe,
Downloadmaterial):**
https://www.das-macht-schule.net/klima-ag/

Euer Klimaschutzprojekt:
https://www.energiesparmeister.de/

DIY-Demoschilder:
https://kreaktivisten.org/howtos/do-it-yourself/demoschilder/

Alles rund um SoLaWi:
https://www.solidarische-landwirtschaft.org/mediathek/filme/